巴黎天空下，兒子與我的三千個日子

パリの空の下で、息子とぼくの3000日

辻仁成

王蘊潔——譯

所謂幸福，不就像心無所求時悄悄出現，
陪伴在身旁的那道溫柔的光？

目錄

／代前言

我至今仍然無法忘記一月某日，成為單親爸爸時的絕望。從那天開始，兒子便將內心封閉起來，成了一個不太流露感情的孩子。無論怎麼樣都要設法解決這個問題，我全力投入這件事，絞盡腦汁思考如何才能找回往日充滿歡笑的生活。

有一天晚上，我去兒子房間察看時，發現已經睡著的兒子緊緊抱著的絨毛娃娃茶茶濕了，而且完全濕透。咦？我大吃一驚，輕輕摸了摸兒子的臉頰，發現他的眼角也是濕的。他從來不曾在我面前流過一滴眼淚。

當時，我覺得很對不起他，也是在那瞬間，我告訴自己，必須同時身兼母職。

那陣子，我和兒子胃口都很差。當時我們住在一個冰冷的空蕩房子裡，我認為不能再繼續這樣下去，於是就搬到了小公寓，努力拉近和兒子之間的距離。

我和兒子房間之間的牆壁很薄，每日晚上都聽著兒子在床上翻身發出的窸窸窣窣聲入睡⋯⋯當時我被診斷為胃潰瘍，天天都要吃藥，體重很快就掉到五十公斤以下。我告訴自己，必須努力多吃一點，要做好吃的飯菜，才能促進食慾。

於是，我每天早上開始做有白飯的便當，我稱之為早餐便當生活。兒子中午在學校吃營養午餐，所以晚上要做一些能夠讓笑容重回我們臉上的料理。在我日常做的料理中，兒子很愛吃用番茄和鮪魚罐頭煮成的簡單義大利麵。

雖然身為父親的我無法代替母親，但下廚是我唯一能夠勝任的事，也很慶幸自己擅長料理。如果我不會下廚，我們的生活想必會更加辛苦。自己下廚之後，家中漸漸找回了溫暖，廚房這個避難場所也讓我得到了救贖。要盡量多吃點。我這麼告訴自己，以維持每日的生活。沒時間沮喪，如果我不努力，這個家就散了⋯⋯卯起來做菜，廚房的火一整天都不曾熄滅。買了一張小桌子放在廚房旁，把電腦置於桌子上，一邊燉菜，一邊工作。我使出渾身解數，努力維持這個家的溫度。

聽一位美食家朋友說，番茄中含有豐富的人體必需的營養，既然兒子喜歡吃番茄，那就想辦法讓他多吃一點。當時我只能死馬當活馬醫，沒想到番茄真的成為靈丹妙藥。兒子很愛吃香蒜番茄義大利麵，於是我試著加入鮪魚罐頭等，變化出各種不同的口味。

「好吃嗎？」我問兒子，他輕輕點頭回答說：「嗯，好吃。」雖然只是很稀鬆平常的對話，但我認為那是我們父子家庭走向重生的第一句話。

「好吃嗎？」

「嗯，好吃。」

儘管每天都只是重複相同的對話，但我的體重慢慢增加，兒子臉上也漸漸有了笑容。雖然再也無法回到從前，卻看到了新的家庭形式慢慢產生。

飲食是生存的基本。無論再忙，都要下廚做菜，在下廚這件事上，投入一定的時間，對我而言，是我邁向重生的第一步。不久之後，「爸爸的溫暖味道」也讓兒子尋回了聲音、話語和笑容，重回往日的開朗。我們的生活終於再次找回了幸福。

我是父親，也是母親。

我在兒子剛滿十歲那年離婚，本書從他十四歲左右開始記錄，但有時候也會回想起兒子十歲時的往事。這本書可以說是兒子從小學生到大學期間，我們父子心靈之旅的記實。

2018

兒子十四歲

巴黎的早晨

十二月某日，送兒子出門上學。冬季的巴黎，每日早晨都天色昏暗，氣溫也很低，起床更是一大痛苦。清晨七點整，兒子房間和我臥室的鬧鐘幾乎同時響起，我走向廚房，為兒子準備早餐，兒子吃完我做的早餐後，七點四十分準時出門。衝向黑暗樓梯的兒子實在太勇敢了，每天把樓梯燈點亮是我的工作。打開燈後，探頭向螺旋樓梯下方張望。

「路上小心。」

我用日文對兒子說。兒子沒有回答，也可能他有回答，但我沒聽到。

連續數週，巴黎的天氣都不太穩定，尤其每逢週末星期六，那些身穿黃背心的人就上街用暴力的方式示威遊行。附近麵包店的老婦人說，很像一九六八年五月危機時的情況。雖然這場遊行起因於燃料稅上漲，但根本的原因是民眾對馬克宏政權的不滿。法國前總統歐蘭德的支持率也很低，但從來不曾發生這麼嚴重的暴動。不知道法國這個國家將走向何方？帶著十四歲兒子的我，又會走向何處呢？

上午埋頭寫新小說。目前同時著手寫兩部小說，但其中一部已經寫完草稿，接下來進入推敲潤稿的階段。我向來覺得小說家是個不可思議的職業，既沒有公司，也沒有薪水，如不煮字，就無法療飢，所以只能拚命賣文維生。我猛然發現，我是在一九八九年十月獲得昴文學獎，明年即將邁入作家生涯三十週年。我竟然能夠天馬行空地寫作這麼多年，靠爬格子這種感覺很不穩定的職業養家餬口，而且不會寫不出來，連自己都感到驚訝。我出了將近一百本書，或許是我這種窮作家的天性使然，因此，經常覺得越是腸枯思竭，越是這樣的時代，就更加要努力寫、拚命寫。

兩個人的聖誕節

十二月某日，今年只有我和兒子兩個人過聖誕節。新小說進入最後的階段，這一陣子都專心寫作，所以完全忘了這件事。法國人眼中的聖誕節，和日本的新年差不多，所有人都會和家人一起共度聖誕節，我們公寓所在的那棟建築物內完全聽不到小孩子的哭鬧聲和腳步聲，大家都回父母家了，或是回到故鄉和家人共享天倫之樂。昨天晚上，馬路上難得一片漆黑，我們家在法國沒有親戚，兒子看起來很無聊，我覺得他有點可憐。啊，聖誕禮物！

我對兒子說，他可以去法雅客（有點像日本的山田電機的地方），他立刻遞過來一張紙，上面寫著「FL studio 20和Shaper Box」，那似乎是音樂編曲軟體和音效軟體。「你前天不是說，想多聽一點我寫的曲子嗎？我不希望收到不想要的禮物，而且我想只要我開心，爸爸一定也會開心，所以就列了這張清單。」聽到他這麼說，我忍不住笑了。我很慶幸不需要出門去買，但是在網路上訂購時，才發現價格很貴，我眼珠子都差點掉出來（之前他都使用免費軟體）。

「因為這些是艾維奇和一些職業音樂人在使用的軟體。」他回我這種莫名其妙的解釋，但是我依然很高興。

我走去地下室，找出聖誕節裝飾放在門口。因為我們不是基督徒，所以使用塑膠的聖誕樹。我把母親親手製作的聖誕吊飾掛了上去，不知道她最近身體是否無恙。

每年看到這些掛飾，就會想起這件事。她已經八十三歲了，希望她長命百歲。

我在客廳唱史汀的〈Englishman In New York〉，兒子走進來對我說：「我編了曲子，想請你來聽聽看。」

「這麼快就編好了？」他微微揚起嘴角，露出得意的表情。我立刻走到他房間（他的房間布置得有點像錄音室，每次走進他的房間，就是我的放鬆時光），戴上Marshall耳機。他從我現場演唱會的音源（名為〈City Light〉的歌曲）中擷取了其中一部分，改編成迷幻的夜店風格。

「很棒啊，你太厲害了。」真的很出色。器材進階之後，充分呈現出聲音的廣闊和厚實。我深刻體會到時代不同了。

身為父親，能夠為他做些什麼？我腦海中閃過這個想法，再次衝下樓梯，找出了一直收在地下室的舊電貝斯、原聲吉他和小型擴音器。

「這個也送你當聖誕禮物。」兒子再度揚起單側嘴角，露出了微笑。原來這個孩子會用這種方式表達感情。

「要不要一起演奏史汀的歌？」不久之前，花了一點時間教他吉他時，我發現他很有興趣。我們一起坐在他的床上，我拿著吉他，他抱著貝斯。

「你很有模有樣嘛。」我給他戴高帽子，他又揚起單側嘴角，露出可愛的笑容。

平安夜那一天，我們父子在他房間的床上演奏了史汀的〈Englishman In New York〉。從他房間的窗戶，可以看到隔壁那棟房子的窗台，窗前放了一盆小植物作為裝飾，柔和的聖誕燈光映照在植物葉片上。我不禁覺得，所謂幸福，不就像心無所求時悄悄出現，陪伴在身旁的那道溫柔的光？

沒有比和十四歲的兒子一起演奏音樂更幸福的事了。

雖然每天的日子過得不盡人意，但是有時候上天會像今天這樣，不經意地送來禮物。人生有百分之八十很辛苦，百分之十八差強人意，剩下的百分之二，我稱之為幸福。比起完美，差強人意剛剛好。

我希望每天的日子都能夠差強人意，能夠心無所求地度過悠然的日子。對我而言，這就是幸福，我模仿兒子，揚起單側嘴角笑了起來。

喔，我的一位法國畫家朋友傳來了訊息。

「辻先生，平安夜有什麼節目嗎？」

我回覆說：「今晚的平安夜，只有我和兒子兩個人一起度過，有點幸福，又不會太幸福。」

聖誕節快樂！

在葡萄牙里斯本

十二月某日，飛機帶著我們一路順利抵達葡萄牙。來歐洲十七年，我們父子曾經去過義大利、西班牙、德國、希臘、英國、丹麥、捷克、土耳其、匈牙利、荷蘭、比利時、瑞典等歐盟的主要都市，葡萄牙的首都里斯本或許是我們認為最舒服、也最值得推薦的城市。

里斯本最美的風景是人。我不想說其他國家的壞話，但里斯本的人都很親切，不是表面功夫，而是發自內心、真誠的親切。雖然也有小偷和扒手，必須充分提高警覺，但那個城市的人都喜歡日本，經常用日文向我們寒暄，和那些用日文搭訕，試圖騙錢的傢伙不一樣，我在這方面很謹慎，所以一眼就可以分辨出來。抵達里斯本的第一天，就交到了費南多、安東尼奧、阿爾明德、費利貝這幾個朋友。他們都曾經學過日文，還有幾個人雖然沒有請教他們的名字，但也都十分親切，有人向我推薦了餐廳，有人告訴我如何搭電車，也有人教我走去城堡的捷徑，連罐頭店的店員都很親切，在這裡遇到的好人太多了，完全是在其他國家無法想像的比例。為什麼？葡萄牙人對日本的愛不同尋常，我想起當年就是葡萄牙人把槍帶進日本，葡萄牙和日本在歷史上的交流，對我們日常生活產生的深遠影響，完全超乎日本人的想像，我感受得到許多相似的懷念之情。

說到葡萄牙料理，大家都會想到鹽漬鱈魚乾、沙丁魚和章魚等海鮮料理，但其實日文中的蜂蜜蛋糕、鯖魚昆布押壽司、鞦韆、紐扣、南瓜、雨衣、撲克牌、金平糖、杯子、穿著和服時介於內衣與外衣之間的中衣襦袢、澆水壺、木乃伊、追丁花牌、動詞的背負、麵包、各式各樣、什錦麵、香菸等我們平時很熟悉的外來語，很多都來自葡萄牙文。還有人認為，「謝謝」的日文「阿里嘎多」也或許是來自葡萄牙文的謝謝，也就是「Obrigado」。日本人絕對是透過葡萄牙學習了西方文化，第一次造訪葡萄牙時，那種令人懷念的感覺，讓我忍不住熱淚盈眶。

今天一早，我們就開始在市區漫步。在公寓飯店（因為臨時決定，所以現場交涉後入住的飯店）的咖啡廳吃完早餐，然後一路走向海邊、爬上山丘，又去了舊城區。雖然我不喜歡參觀古蹟，但回過神時，才發現自己造訪了不少古蹟。

走進一家禮品店閒逛時，一個男人聽到我們的談話，立刻用日文問：「你們是日本人嗎？」這個叫蒙尼的孟加拉人告訴我們，「我已經很久沒說日文了。」

他斷言道：「日本人是全世界最親切的人。」每次聽到這種華麗的詞藻，我就會心生警戒，但他紅著眼眶，告訴我他曾經在日本生活了十二年。我問他為什麼沒有繼續在日本生活，他說無法再申請新的簽證，所以才會來葡萄牙。我為他感到有些惋惜。

走在舊城區時，被一家餐廳的服務生叫住了。因為我們才剛吃完飯，所以就告訴他，無法光顧他的餐廳。這位名叫費南多的服務員用日文向我們強調，他多麼喜歡日本。他的熱忱讓我知道，他說的並非虛言，而且還說自己很尊敬日本文化。

不光是費南多，禮品店和其他餐廳的服務生也一樣，我們遇到的所有人都熱愛日本，對一個長年生活在國外的人來說，無疑是極大的光榮。

費南多說「日本和葡萄牙在精神上是一體的」，這句話令人印象深刻，也許我們需要重新認識和葡萄牙之間的關係，並不是只有美國、法國才是外國，葡萄牙首都里斯本的人文水準極高，而且品味和樂趣也絲毫不遜色，論親切度和人情味，更是全世界首屈一指。葡萄牙這個國家讓人感受不到壓力，我甚至希望老後能搬來這個國家生活。雖然現在是冬天，我相信如果是夏天，生活一定更舒服自在。

我很容易和別人交朋友，兒子在一旁笑我太沒有警覺心，但是他最後對我說：「爸爸，你很有趣。雖然有點丟臉，但我覺得你很有個性。」畢竟我認為出遊就是要「深入民間」，和當地人建立關係。

出遊和旅行的不同之處，就在於一個是按照固定的行程參觀，另一個是自己開拓旅途。既然要出遊，當然是走到哪裡玩到哪裡更有趣。比起旅遊書上介紹的那些適合觀光客的餐廳，去當地人經常光顧的小店，和當地人坐在一起，大啖有在地特色的料理，絕對更有意思。這就是我想要的出遊。

兒子啊，你覺得如何？

旅途中會聊的心事

十二月某日。有些心事，只有在旅途中才會聊。有時候很納悶，明明在家的時候，有那麼多聊天的機會，為什麼沒有好好聊一聊？

今天我們去上城的一家可以聽法朵（葡萄牙民謠）的餐廳吃晚餐。從飯店出發，走了差不多三十分鐘的路。

那家餐廳位在老城區餐飲街的小巷子內，嘈雜得有點像巴黎巴士底的羅蓋特街。在陌生的國家，於第一次走進的餐廳，等待著從來沒吃過的當地料理送上桌。在這種平淡無奇的空白時間……我們坐在靠牆的座位，兒子坐在我的正對面，冷不防開啟了一個很棒的話題。

「我有兩位從來沒有見過面的朋友。」

那兩位在網路上認識的同世代朋友是一男一女，兒子和他們在網路上成為好朋友已經有一、兩年時間，雖然還不曾見過面，但是每日都會聊天，所以比任何人更常相互鼓勵，也比任何人更瞭解彼此。

對了，在聊這個話題之前，我們還討論了下個月十五歲慶生會的事。以往每年慶生會時，不是在家裡由我張羅，就是去咖啡店舉辦，但是兒子對我說，明年的生日不需要再找學校的同學一起慶生了。他說，他的世界並不是只有那些同學罷了，而且在班上三十個同學中挑選幾個人為自己慶生，似乎讓他感到不自在。他希望認識各種各樣不同的人，以拓展自己的世界。他字斟句酌地把這些想法告訴我，雖然不是很明確，但我認為應該是這個意思，然後聊著聊著，就談到了那兩位至今不曾見面的朋友。

「你們是怎麼認識的？」身為家長，當然忍不住關心。

「他們算是朋友的朋友的朋友。」他回答說。

「他們住在哪裡？」

「雖然也住巴黎，但都在郊區，其中一個人住在距離巴黎四十分鐘的地方。」那個男生是吉他手，喜歡搖滾樂，女生是女性主義者，有明確的主張，喜歡聽嘻哈音樂。兒子很難得聊了許多關於那兩位朋友的事。

聽兒子分享這些事的時候，家長應該扮演什麼樣的角色？我有點不知所措。大人不該神經大條地介入孩子細心呵護的世界，所以我靜靜傾聽，決定當一個好聽眾。

在法朵的歌曲和演奏期間，兒子囁囁嚅嚅地訴說著。

「爸爸，你有什麼看法？」他徵求我這個父親的意見。

「首先，我覺得你們可以見個面。不要只是當虛擬世界的朋友，不妨在現實生活中也見一面吧。」

接著我們聊了第一次要怎麼見面，要在哪裡見面比較好。這件事令我有點感動。這絕對是只有在旅途中才會聊的話題，我感受到兒子的成長，同時也是充分認識孩子本質的瞬間。

身為父親，更讓我感到高興的是，之前他在學校結交的好朋友，幾乎都是有錢人家的孩子，而這次的朋友和以前不一樣，有強烈的意志和世界觀，至少和兒子以前接觸的朋友有不同的特質。

兒子靜靜地向我說明那兩位朋友的性格，在我內心漸漸成形，有了具體的形象，然後我發現，原本以為兒子還只是少年，但其實已經成為一個出色的青年了。熱愛音樂的兒子和那兩位朋友藉由音樂產生了交集，音樂成為他們的中心。

兒子向來喜歡節奏口技和音樂效果器Loop Station，最近迷上了使用音樂軟體編曲，他和那兩位朋友也對音樂有著共同的語言，那是無法和學校的同學之間建立的新世界。

尤其這是他第一次跟我說，他有女生的朋友。我之前就隱約察覺到這個女生的存在，但兒子從來沒有正式告訴過我。

晚餐結束之前，我們一直在討論「怎麼見面比較好」這個問題，這是意料之外的美好時光。我既不能管太多，也不能完全不過問。我面帶微笑，和兒子談天說地，內心有點興奮。

回飯店的路上，沿途的風景都變得不一樣了。那不是二〇一八年十二月的風景，而是二〇一九年之後未來的光在眼前閃爍。

我摟住兒子的肩膀，緊緊抱著他。

「朋友很棒，是最寶貴的財產，要珍惜朋友。」我只對他說了這句話。

叛逆期的兒子難得順從地微笑點頭，「嗯」了一聲。

這趟里斯本真是來對了，如果不來這裡，他或許就不會和我聊這些，至少是因為來到里斯本的上城，我才有機會聽兒子聊他的朋友。

我們父子的旅行仍將繼續下去。

2 0 1 9

兒 子 十 五 歲

兒子十五歲生日有感

一月某日。兒子今天終於十五歲了。為他量了身高作為十五歲生日紀念，他身高一百七十二公分，體重七十公斤。

他無論外表還是內心都長大了。他是學校的排球隊隊長，功課也還可以，已經確定能進入第一志願的高中。當然，無論主觀意願如何，他的人生並非一帆風順，但我認為至少走在正軌上。身為他的父親，我暗自鬆了一口氣。

當然，接下來還有中學畢業會考，之後更有高中大考和大學升學等待著他，因為不知道接下來會有什麼事打亂他的人生步調，所以還無法鬆懈，但身為父親，我希望能夠盡全力支持他選擇的路，為此，我必須更加努力。

但是，我今年已邁入花甲之年，我的使命就是養育他長大成人。雖然這項任務並不簡單，但至少已經努力走到了今天，而且我知道，現在絕對是最重要的時期。學校和社會有各種要求，他正值青春期和叛逆期。兒子是日本人，他需要克服超乎想像的高難度障礙，才能在法國這個國家長大成人。我一直對像我這麼乾瘦的老頭是否有辦法勝任這個角色缺乏自信，在舉目無親的巴黎，有太多令我感到不安的事。

我就實話實說吧，我很不安。希望可以讓我大喊一句，我很不安！

無論多麼不安，兒子也已經邁入十五歲了。他找到了自己的人生，正朝向自身的道路前進。我所能做的，就是至少在他大學畢業，踏入社會之前，持續支持他，靜靜陪伴在他身旁。

現在還不知道他想成為什麼樣的大人，但是我明確知道一件事，兒子在法國出生，在這裡接受教育，也在此處生活，他對自己的身分認同很明確。距離他讀大學還有三、四年，七年後，他才會出社會。無論如何，我只要再努力十年，就可以看到兒子長大成人。

十年後，我將邁入古稀之年。雖然我無法想像自己七十歲的樣子，但只要在七十歲前努力工作，就可以把兒子推向下一個世界。只要能夠把他推往新世界，我就相當於完成了一項使命。今年年初，我決定要為此而活，至少在七十歲之前，都要住在法國。

當初並不是兒子自己決定要在法國生活，是命運的力量使然，而且我也是促成這種命運的力量之一，所以必須負起責任，無論如何，都要繼續在法國生活十年。法國這個國家當然也有很多問題，有恐怖攻擊，有黃背心運動，但整體而言，是一個很出色的國家。嘴上說說很簡單，但必須明確表達一件事，那就是至今為止，是非親非故的法國人支持著兒子長大。雖然法國政府對黃背心運動或者對恐怖攻擊的處理都存在各種問題，但我支持法國。因為無論是身穿黃背心的勞動階級，還是法國政府的公務員，或是警察（警察的立場很複雜，他們也穿著黃背心），每一個人都是基於身為法國人的感情而採取各自的行動。如果在其他國家，會因為燃料稅上漲，發生這麼大規模的抗議遊行嗎？誰能夠輕易批評他們基於對未來的不安，而挺身抗爭的行動？

我在日本和法國之間生活，很瞭解兩個國家各自的長處和短處，我愛日本這個國家的感情也不輸給任何人，所以遇到不分青紅皂白批評日本的人，我都會挺身反駁。然而，我也瞭解法國的優點。雖然無法接受黃背心運動中的暴力，但黃背心運動或許很符合從革命中誕生的法國。如今，支持和反對的陣營嚴重對立。我該怎麼辦？這個世界上所有的問題都沒有簡單的答案，從能源、歐盟、民族主義到恐怖攻擊等所有問題，都無法靠單一結論輕鬆解決。

但是對我來說，目前最重要的事，就是拚了老命，也至少必須再活十年。我決定要活下去。至今為止，我是為自己而活，從今以後，無法再只為了自己而活。

這就是生活在日本和法國之間的我，在兒子生日時的所思所想。

母親用她的人生教我的事

三月某日。我們居住的這棟公寓有許多小孩子。

有一次，我把門稍微打開，讓房間保持通風，住在樓上的四歲小朋友亞修柏走進我家。當時，我甚至忘了自己開著門，正忘情地引吭高歌。

當我發現年幼的孩子隔著門縫張望，嚇了一大跳。

他似乎對我在彈吉他感動不已，瞪大了眼睛。

亞修柏的媽媽在樓梯上叫著他的名字，我走出去告訴她，亞修柏在我家。

「不好意思，他隨便闖進你家。」他媽媽向我道歉，「但是每次聽到你唱歌，他都會用耳朵貼著地板，聽得很出神。」

「是嗎？我完全不介意，很高興像亞修柏這樣的孩子喜歡我。」我回答說。

那天之後，亞修柏每次經過我家門口，就會大叫：「日本人先生。」謝謝你時常想到我！雖然很高興，但有時候也會很難為情。有一次我做了太多壽司捲，於是就送了一些去亞修柏家，隔天我正在工作，聽到門外響起一個可愛的聲音。

「日本人先生，謝謝你的壽司。」

打開門一看，發現亞修柏站在門口。

他小聲對我說：「先生，壽司也很好吃，你還會唱歌，太厲害了，下次請你教我彈吉他。」

我點點頭對他說：「好啊，我也可以教你怎麼做壽司。」

他開心地笑了起來。

今天，一位熟識的女性朋友帶著她的七歲兒子班傑明來我家。

當我開門迎接時，班傑明緊張地站在門口，一動也不動。我以為是因為第一次見面的關係，沒想到我朋友說：「不是你想的那樣，班傑明每天晚上不看你的YouTube節目，就不肯上床睡覺。」

班傑明是混血兒，所以會一點日文。

「完成了！」我對他扮著鬼臉說。

班傑明突然露出滿面笑容，哈哈大笑起來。

「媽媽，是本尊欸！」

那是我在YouTube影片中每次必說的話。

關上烤箱蓋子時，我都會說：「關起來了！」而且還附加動作。

在空無一人的廚房，對著鏡頭做這些動作時，連我都有點擔心自己的精神狀態，但是得知小朋友看了很樂，最高興的無疑就是我自己。

小朋友似乎很喜歡我的節目。我不知道是哪些部分吸引了他們。

雖然我只是很認真地在下廚，但常常因為太開心，結果做了一些蠢事。這不能怪我，因為兒子不在家，我一個人在安靜的家裡認真下廚很無聊，如果在做菜時不假裝鏡頭另一端有人在陪我，未免也太痛苦了。

回想起來，我以前經常對年幼的兒子做出這種搞笑行為。看到兒子心情沮喪時，我有時候就會在廚房扮小丑逗他開心。沒想到這一招竟然在那個節目中有了意外收穫。

兒子和班傑明把飯廳的餐桌當成桌球桌，兩個人像兄弟一樣開始打桌球。班傑明每次發球成功，我就叫著：「成功了！」逗得他哈哈大笑。兒子也曾經有過像班傑明一樣的孩提時代。

所謂「光陰似箭，歲月如梭」。

我喜歡下廚，有很大一部分是受到母親的影響。

我的母親從早到晚都站在廚房，整天在為家人做飯。她的背影富有節奏感，給人一種快活的感覺。做餃子時，簡直就像在跳舞一樣（她也的確是國標舞高手），也許是因為看著母親的背影長大，所以我才會愛上做菜。說是母親的美味料理養育我長大，一點都不誇張。

有一天，母親冷不防回頭看向正在偷看的我（就像亞修柏那樣），我大吃一驚。原來母親知道我在看她。然後她對我說：

「仁成，如果遇到痛苦的事、悲傷的事、難過的事，就鏘鏘鏘炒幾個菜，然後大口吃下肚。人只要吃飽飯，就會想睡覺。睡醒之後，不愉快的事就會消失了。」

這句話成為了我的人生訓誡。

有一天，母親又轉過頭對我說：

「仁成，也許媽媽會和爸爸離婚，但是無論發生任何事，媽媽都會陪伴在你們身旁。」那次至今，已經過了超過半個世紀，但父母最後並沒有離婚。

為什麼當時母親只對我訴說內心的痛苦？

我當然不得而知，但是母親讓我瞭解到為家人做飯的重要性。

即使是現在，每次去博多，母親仍然會為我下廚。雖然她已經八十三歲了，但做的菜仍然美味可口。

我希望能夠在自己的YouTube節目「2G頻道」，向小孩子傳達這份感動。

也許我希望能夠為那一天的我，和那一天的兒子，以及亞修柏和班傑明帶來一點明亮與歡笑。

我想告訴他們。活著就是進食。吃飽了就有活力，然後長成差強人意的優秀大人……

我持續穿黑色牛仔褲的理由

三月某日。兒子的牛仔褲破了，他說「我沒褲子穿了」，於是我們一起去Beaugrenelle購物中心買牛仔褲。

我問他為什麼不穿之前在里斯本買的牛仔褲，他回答說，牛仔褲破了，沒辦法再穿了。他成長的速度很快，衣服很快就穿不下了。我覺得差不多該為他買像樣一點的牛仔褲，於是就帶他去了Levi's。

年輕店員向兒子推薦了好幾條牛仔褲，我們父子討論後，決定購買512黑色窄管牛仔褲。我抓起那條牛仔褲，仔細打量起來。店員名叫凱文，手臂上有刺青，但人很不錯。我在他身上看到了自己年輕時的影子。四十年的歲月過去了，懷念的景象在記憶中閃現。

「爸爸以前曾經賣過牛仔褲。」我對兒子說。

「是喔？什麼時候？」他問我。

「讀大學的時候，在新宿的一家名叫陽光公園的牛仔褲服飾店，我當時負責黑色牛仔褲區。」

「你在那裡工作嗎？」

「我在那裡打工，有幾個年齡相仿的同事，都是兼職工作，下班之後，大家一起唱著披頭四的歌回家。」

十八歲時，我還不太知道自己想做什麼。既想成為音樂人，又想拍電影，也想寫小說，結果每件事都做不好。樂器彈得不怎麼樣，從來沒拍過電影，也沒有寫出一本小說。但是那時候每天都充滿期待，每天都想要做點什麼。黑色牛仔褲區位在店內深處，因為沒什麼人來試穿，所以幾乎整天都閒來無事。樓上的收銀台旁是代客修改區，有一個叫春樹的人負責修改褲長，他是內野手，個性陽光，做事也很認真，人很不錯。他在讀專科學校，以後想當服裝設計師，我向他學了修改褲長。

「爸爸可是改褲長的高手。」我向兒子吹噓。

「你是怎麼學會的？」

「辻弟弟，修改褲長時，要請客人先脫下鞋子，然後站在鏡子前。記住了，要在褲子碰到地面的地方折起來，然後用待針固定。即使腳背的地方皺起來，也不必在意，關鍵在於腳跟處的長度。只要量一條褲腿就好，另一條褲腿只要比一下就知道長度了。」

「為什麼要碰到地面？這樣不是太長了嗎？」

「因為洗了之後就會縮水。雖然不同的牛仔褲縮水情況各異，但通常會縮短兩、三公分。雖然最理想的方法，是先洗一次之後再修改褲長，但店裡當然沒有提供這種服務，所以在量長度時，必須考慮到縮水的狀況。如果客人平時都穿靴子，就必須再稍微長一點。」

據說受歡迎的店員都會有老主顧，但我這個土包子完全沒有，而且因為負責黑色牛仔褲區，所以機會就更渺茫了。當時大家都認為牛仔褲就應該是藍色。

有一天，一個看起來在玩搖滾樂的年輕人，抱著一個小鼓走進店裡。我問他：「你玩哪種類型的搖滾？」他回答說：「重金屬。」那時候我剛好在找鼓手，也沒有其他客人，於是我就和他聊了自己的野心。我這個人說話很有說服力，而且當時一定比現在更魯莽狂妄，所以打鼓青年聽得津津有味，雙眼都亮了起來。我在沒有客人的牛仔褲店內暢談搖滾樂。

「我打算成立一個能夠在麥迪遜廣場花園開演唱會的搖滾樂團。」

我的夢想無人能比。這個鼓手名叫勉，之後，我和春樹、勉三個人成立了名叫「QUARK」的樂團，而這個三人組的搖滾樂團就是「ECHOES」的前身。

凱文說：「兩、三天後，就可以幫你改好長度。」

我回頭對他說：「新宿的陽光公園十五分鐘就可以改好。」連我自己都覺得炫耀這種事有點莫名其妙。

「十五分鐘？」凱文反問我。

兒子慌忙拉著我的手臂，笑著對他說：「不，沒事。」

「四十年前的新宿就是這樣，曾經有過這樣的時代。」

我自言自語地嘀咕。我們當年在新宿的RUIDO開了第一場現場演唱會，雖然演出慘不忍睹，但那是我夢想的第一步。

爸爸缺乏特色

四月某日。我向來確信，萎靡不振時，慢跑最有效（頹喪消沉時，這種確信很重要）。於是，我選了吉日良辰出門跑步。這就是一切的開始。不僅可以讓淤積在體內的精力開始流動，帶來爽快的感覺和成就感，跑完之後的充實感妙不可言，所以，除了晨跑以外，我在不知不覺中連傍晚也出門慢跑。

今天傍晚出門跑步，在路口等紅燈時，看到一張熟面孔，走近一看發現是兒子。

「嘿！」

我邊向他揮手邊跑過去，他一臉尷尬地移開了視線，我慌忙低頭看自己的打扮。不僅戴著口罩，還用連帽衫的帽子包住了腦袋，下面是一條破運動褲。兒子害羞地說：「說話不要這麼大聲。」爸比放聲大笑，拍了拍為小事煩惱的兒子肩膀說：「年輕人，要胸有大志。」兒子小聲嘀咕說：「莫名其妙。」我對著他的背影大聲說：「廚房有點心。不要太用功讀書！偶爾要在外面玩到天黑才回家！」

他似乎覺得我很煩。

回家沖澡時，兒子對我說：「朋友生日，我要去買生日禮物，你可以給我一些零用錢嗎？」沖完澡出來後，我給了他三十歐元。法國物價很高，三十歐元買不到什麼東西。我說要去超市，問要不要順便送他去Beaugrenelle購物中心，他順從地說了聲謝謝。

於是，我們在晚餐前出門購物。他的女朋友週六邀他去參加慶生會，只有兒子一個人受邀。為女朋友買生日禮物，也就是挑禮物，是人生難得的學習機會，於是我讓他自己去選禮物，自己則坐在咖啡店吧台前打發時間。一張CD也要十五到二十歐元，在法國，即使買筆記本之類的文具也貴得嚇人，三十歐元買不到什麼衣服，我覺得自己給他的錢太少了，但因為是難得的學習機會，所以就讓他獨自去探索了一個小時。我平時沒有給他零用錢的習慣，想買什麼東西時，就必須提出來和我討論。如果我同意，就可以買。這是我和他之間訂下的規矩。我打算在他十六歲之後，給他一張信用卡，決定年度可以花費的金額，由他自己決定在那個額度內要買什麼，但十五歲的年紀依舊算是小孩子。

我等了一個小時，他仍然沒有回來，我猜想他差不多意識到三十歐元買不到什麼東西。於是我走去Levi's，找到了之前結識的店員凱文，告訴他我兒子等一下會來這裡，請他介紹一下，有沒有什麼他的女朋友收到後會感到高興的禮物。

「預算是多少？」

「三十歐。」

「那只有這件了。」

店內價格最便宜，看起來像樣的T恤剛好是三十歐元。這時，兒子剛好走進來，我和凱文向他推薦了那件T恤，他說很不錯。

「爸爸，你怎麼知道？」

「爸爸走過的橋，比你走過的路還多。」我對他倚老賣老。

凱文為兒子把T恤包裝成送禮用，他還是那麼親切。

因為剛好是晚餐時間，既然難得出了遠門，於是我們就走進購物中心內的餐廳，面對面坐了下來。兩人聊了他女朋友的事、學校的事，聊了他的朋友，談到將來的事，也聊了關於他喜歡的音樂，越講越投入，比平時說得更多。這時，兒子突然開始批評我的工作。每次他說「爸爸的音樂……」這幾個字，接下來十之八九就是開始批評我。

「爸爸的音樂缺乏特色，我覺得你可以更有獨特性，做一些只有你才有辦法做的音樂。我覺得日本的音樂聽起來都差不多，無論搖滾、演歌還是流行音樂，甚至連饒舌音樂也好像都找不到明確的界線，受電視的影響太深，都很華而不實。我覺得爸爸在這些音樂中，自以為自己做的音樂很棒沒有意義，你還年輕，還有機會，要敢於冒險。你都已經住在巴黎了，也未免太混了。」

乍聽之下很火大，但隨即認為他說的很有道理。我只對他說，我會努力，然後對他說：「既然你對我說這種話，那你自己也做一些有特色的作品出來看看。」

「我向來知道創作一些別人沒做過的作品，比模仿別人更開心。」

我忍不住笑了起來，覺得他不知道像誰。

兒子小聲嘀咕說：「我越來越像你了。」

真是被他打敗了，但我喜歡特色這個單詞衍生的意義，也覺得越來越有趣了。

四月某日。兒子的女朋友邀請兒子去她家，她父母要帶他們一起去戶外運動，也會在他們家的院子烤肉慶生（那天是他女朋友的生日！）。雖然兒子是受邀的唯一客人，但她的父母和姊妹把他當家人般，他很高興。他打電話給我說：「爸爸，這是我目前為止的人生中最快樂的一天。」

整體而言，他得到很多人的愛。兒子雖然是日本人，生活周遭都是法國人，但並沒有受到明顯的歧視，成長過程也很順利。他最近不時離開我，接觸不同的家庭。我從今天開始要回日本十天左右，他會在三個住在巴黎的同學家分別住三天。之前都由我出面拜託那些同學的家長，詢問可不可以請他們照顧兒子幾天，最近都由兒子自己去向那些家庭交涉，這也意味著法國人能夠接受他。

我在機場大廳打電話或傳電郵，給那幾位兒子明天之後將會打擾的同學家長。

「午安，桑德琳。」

「嗨，辻。」

「我剛到機場，等一下就要上飛機了，我兒子這幾天就麻煩妳了。他剛考完模擬考，接下來也沒有什麼重要的活動，但如果有什麼事，再麻煩妳隨時和我聯絡。」

我最先打給兒子班上同學的母親。她剛離婚，是單親媽媽。

「不好意思，妳剛離婚，一定有很多事忙得焦頭爛額，但我兒子說想住在你們家。」雖然他們夫妻剛離婚，但她丈夫和他們住在同一棟房子，我和他的關係也很好。他是報社記者，以前是貝斯手。

「當然沒問題，明天晚上克里斯多福也會來這裡，我們會四個人一起吃晚餐。三日那天晚上，我有一個應酬，所以兩個孩子都會去住克里斯多福家。」

「原來是這樣啊，那我也要打電話給克里斯多福，三個男人應該會很開心。」

「不，不是三個人，是五個人。」

原來克里斯多福打算再婚，已經和新女友同居了。對方有一個兒子，我兒子也已經見過那個男孩。法國是離婚大國，單親媽媽和單親爸爸經常帶著各自的孩子重組家庭。這種家庭被稱為複合家庭。

「總之，一切都和以前一樣，你不必擔心。」

「好，那我準備登機了。如果妳想要日本的什麼東西，不必客氣，隨時寫電子郵件告訴我，我會幫妳帶回來。」

「我有想要的東西，就是你之前買給我的那種紅色的鱈魚卵。」

「喔，妳是說明太子！ＯＫ，小事一樁。」

「那就改天見。」

「桑德琳，拜拜。」

我掛上電話，走向登機門。至今為止，我在日本和法國之間飛了無數次，每年都會回日本四、五次，這種生活持續了十七年。連登機門的工作人員都已經認識我，看到就會打招呼。我拿出了護照，內心希望回日本時，還來得及賞櫻花。

比賽和友情之間

六月某日。兒子緊握著手機，用法文激動地談話，不知道和誰發生了爭執。當他掛上電話後，我問他發生了什麼事。

「今天有一場排球比賽，剛才史帝文打電話給我。」

「發生什麼事了嗎？」

「艾瑞克說他不想去比賽。」

「為什麼？」

「因為他說想和女朋友在一起。」不愧是法國人。我忍不住笑了起來。

「有什麼關係嘛，想和女朋友在一起的心情也很重要。」

「但今天是決賽啊。」

我忍不住把喝到一半的咖啡噴了出來。

「什麼？是巴黎盃的決賽？」

「對啊，他竟然說不想來參賽。他打得最好，如果不來，我們一定會輸。」

「那可不行，你有沒有打電話給艾瑞克？」

「我為什麼要打給他？」

「你們是朋友，而且你不是想贏得這場比賽嗎？」

「我又不是排球隊隊長，那是史帝文的事，不關我的事。」

這句話很法國。原文是「C'est pas ma faute」，法國人經常會說這句「那不是我的錯」。每次聽到這句話，我都很生氣，但有時候也的確很好用。最近，當電影的工作人員要求我做一些很繁瑣的事時，我就會用這句話回答。嘿嘿。

「但是，你們不是朋友嗎？這不是你們中學期間最後一次重要的比賽嗎？而且他可以帶他女朋友一起去啊。」

「這是他的事，和我沒有關係。」

「但是，你們畢業之後，就無法再參加中學部的比賽，日後再後悔也來不及了。你不要把所有的事都推給史帝文，你也打電話給艾瑞克。」

「已經來不及了。」

我聳了聳肩，然後笑著說：「你覺得無所謂嗎？你們去年是冠軍，這個月底不是就畢業了嗎？」

「但我也無能為力啊。」

「你們一起在比賽場上流過汗，怎麼可以讓他沒參加這場比賽的決賽？你們之前三年的努力不就白費了嗎？」

「那又不是我的錯。」兒子出門了。

半天之後，兒子在傍晚回來了。他從口袋裡拿出獎牌放在桌子上，那是銀牌。兒子走進我書房，在窗邊的椅子坐了下來，露出有點遺憾的表情。

「銀牌不錯啊，艾瑞克有來嗎？」

「他來了，但最後還是沒拿下冠軍，他為無法得到金牌哭了，而且就在球場正中央哭了起來！我們都很想翻白眼，誰都沒有哭。」

「銀牌很厲害了啊。」我很高興，拍了拍兒子的肩膀。

「他有沒有來，意義大不相同。我認為這樣的結果很不錯，這是友情的勝利。」

「友情的勝利？」

「對，銀牌很有意義呀，這代表還有下一次機會。我可以送你們一塊金牌。」

「什麼金牌？」

「友情的金牌。」

兒子冷笑一聲，我則是發自內心笑了出來。兒子在中學的最後一次比賽中，大家齊心協力，得到了銀牌，這件事將成為美好的回憶。我認為這樣的結果還不壞。

父親目送兒子的心情

六月某日。今天是兒子中學最後一天上課的日子。從小學五年級到今天為止（法國的中學是四年制），我們父子兩人相依為命。他從小就是一個不在我面前流淚的孩子，我當時覺得必須鼓勵年幼的他，所以那時候真的很拚。上了中學後，他幸運地遇到許多很好的同學，結交了不少朋友，成為他人生的財富，笑容終於回到了兒子的臉上。

以前他的個子只到我的胸口，上了中學之後，他參加了排球隊，身高不斷長高。

我雖然從來沒有打過排球，但會在兒子放學後去當教練，每天晚餐前，也會去附近的公園陪他們練球。兒子所屬的排球隊終於每年都能夠在巴黎盃中名列前茅。我比兒子更為此感到高興，也覺得自豪，這件事無庸置疑。兒子曾經差一點留級，但今年的成績是全班第一。我比他更高興。我知道自己身為爸爸很溺愛兒子，但我真的太高興了。

今天是他中學生活的最後一天，是他在中學最後一天上學的日子。我像往常一樣做了早餐，送去他的房間。今天的早餐是義大利香腸貝果、香蕉和牛奶。兒子像往常一樣，在七點四十分出門。因為學校八點上課，從家裡走到學校剛好二十分鐘。

「幹麼？怎麼了？」

「沒什麼啊，只是有事要出門。」

「這麼早？」

「對，車窗有點怪怪的，要送去修車場。」

「早上八點去修車場？」

「早點去比較好，我可以送你一段路，偶爾一起出門也不錯啊。」

我和兒子一同下了樓。這四年來，這是我們父子第一次早晨一起出門。我平時在家工作，中午之前都不太會出門，但是這天做好早餐，我立刻換了衣服，等兒子一塊兒出門。我想起了他讀小學時最後一天上學的情景。法國的小學都要求家長送孩子上下學，因為有很多綁架案，所以這是家長的義務。上了中學之後，他就開始自己上學。不知道為什麼，在兒子中學最後一天上學的日子，我想和他一起出門，就只是這樣而已。我們一同下樓，推開大門，走向大馬路。

「你覺得學校生活怎麼樣？」

「很棒啊。」

「不管問你什麼，你每次都回答很棒。」

「因為真的很棒，我當然只能這麼說啊。」

我聳了聳肩，兒子也聳了聳肩。我們繼續走了七、八分鐘，兩個人都沒有說話。

「你的車子不是停在那裡嗎？」走到路口時，兒子這麼說。

「嗯，是啊。」我搪塞，回想起校長和至今為止教過兒子的班導師的臉龐。

「下週的畢業考試沒問題嗎？如果不及格，中學就畢不了業。」

「別擔心，我有認真讀書。」

「好，那最後一天上課加油。」

「爸，就只是和平時一樣上課啊。」兒子不以為然地說。

我停下腳步，轉身走向不同的方向，不禁思考，不知道還能夠陪伴兒子多少年。

我忍不住駐足回頭看，兒子在五十公尺前方，正緩緩走向馬路對側。兒子長大了。

我急忙拿出手機，拍下了他的背影。

最後一堂課

八月某日。家庭教師幸知老師在兒子還是嬰兒時，就是他的保姆。兒子上小學後，開始擔任他的日文家教。聽說她原本在日本企業擔任秘書工作，離職後，運用自己的語言能力，持續教住在法國的日本人家庭的孩子日文。她溫文儒雅，就像電影中常見的那種年長的家庭教師，是一位令人感到安心的婦人。雖然我不瞭解她的生活，但想必她這些年來，陪伴了很多日本家庭的孩子長大。她使用的日文教材歷史悠久，四周破損、折痕、紅線註記和文字變淡，到處都可以感受到很多孩子使用這些教材學語言的痕跡。

她似乎一個人住在巴黎，因為年紀的關係，她決定回到日本。今天是她最後一天為兒子上課的日子。

有一件事情令我印象深刻。當年意外離婚，從原本的一家三口變成剩我們父子兩人時，我和兒子每天在碩大的房子內沮喪度日。幸知老師經常來家裡，不只一次對我說：「辻先生，只要我力所能及的事，必定會全力幫忙，你稍微休息一下，希望你早日振作起來。」不知道為什麼，當時周圍許多人都不再和我們來往，我們過著遠離幸福的黑暗生活，只有幸知老師不離不棄，一直陪伴在身旁。我當時很沒出息，一籌莫展，完全沒有餘裕思考未來的生活。當時，幸知老師時常來陪兒子玩、教他日文，或是協助處理家中的事，給予我們父子莫大的支持。

每次我教兒子算數或是日文，兒子就想逃走，但遇到幸知老師，他都會認真上課。雖然這麼說可能有點失禮，但也許在他眼中，幸知老師就像祖母一樣。幸知老師的日文給人一種古典傳統的印象，溫柔又有氣質。兒子住在法國，日文稱不上非常好，但他跟著幸知老師學習日文的用字遣詞，所以他的敬語和謙讓語運用自如，完全不比生活在日本的孩子遜色，這全拜十幾年來幸知老師如同祖母般陪伴、諄諄教誨所賜。雖然幸知老師和我們沒有血緣關係，但她看到深陷痛苦的人往往無法袖手旁觀，總是用心陪伴，這就是日本這個民族的人情味。

兒子最討厭「離別」。他真的很不喜歡向別人道別，所以向來不會對別人說「再見」。他在臨別時都說「改天見」。《Goodbye》是太宰治的小說，「à bientôt（改天見）」是法國的道別方式。「à bientôt」的發音是「亞比安吐」，我很喜歡法文的「à bientôt」。法文中，告別要用「adieu」這個字，平時道別時的再見則是「Au revoir」，年輕人都說「Salut」，有點像「拜～」。

兒子和朋友都說「Salut」，但會對幸知老師說「改天見」。這句「改天見」中，帶著希望再次見面的期待。

我很煩惱要不要為幸知老師辦送別會，但兒子不喜歡鄭重其事的離別，所以我再次決定做便當，願幸知老師把充滿回憶的辻家味道帶回家鄉。我把檸檬奶油大蒜橄欖油義大利麵佐薄荷蒸蝦的夏日風情裝在便當盒內，在幸知老師準備離開時遞交給了她。

幸知老師離開後，我和兒子邊吃邊聊有關幸知老師的回憶，這道加了薄荷和檸檬，帶有酸味的義大利麵口感清爽，很有夏日的情調，窗外是歐洲漸漸開始有涼意的夏日天空，傍晚的時候，收到了幸知老師傳來的電子郵件。

「便當非常好吃。」

希望日後有機會可以見面。

哭吧。男兒有淚可以彈

九月某日。兒子展開了高中生活，如果他在日本生活，今年四月就可以上高中，但他住在法國，九月才開始上高一（seconde）。法國沒有開學典禮，所以進了高中後，就直接開啟高中生活。法文的中學是「Collège」，高中是「lycée」，高中生稱為「lycéen」（女高中生則是「lycéenne」）。

兒子每週一、三、五會去巴黎市區的排球俱樂部練球，晚上九點才回到家，其他日子也差不多六點左右才會回家。我現在已經不再為他準備早餐了，很懷念剛離婚時，每天早上為他做便當的那段日子。現在他都是自己吃玉米早餐脆片之類的東西後就衝出家門去上學。因為我覺得不能太寵他，於是就採取了這種方式。

今天晚餐剩了一些飯，我問他：「要不要我做飯糰給你明天當早餐？」他以粗獷的聲音回答：「哇，太高興了。」

他的身高有一百七十四公分左右，但他好幾個同學的身高都超過一百九十公分，而且他們經常來家裡玩，讓我這個矮小的爸爸有點傷腦筋。但是，他那些同學都很乖，每次我去兒子房間，都會看到幾個人高馬大的孩子大模大樣地坐在椅子上，好像CEO一樣，很放鬆自在。小熊絨毛娃娃「茶茶」就在他們的腳下。我伸手把茶茶抓了起來，茶茶的身上是乾的。兒子小時候，如果沒有茶茶，他就無法入睡。

法國的孩子都和娃娃一起成長，娃娃都有人格，大人讓孩子透過娃娃瞭解世界，學習如何面對社會。茶茶是陪伴兒子長大的夥伴，他無論去哪裡，都會帶上茶茶。

兒子從小到大，都幾乎不曾流淚。父母離婚之後，他一定很難過，但從來沒有說自己很孤單寂寞，像小孩子一樣哭泣。這反而讓我很擔心，所以每天晚上都會去他房間察看。曾經有一次，我想把他整天抱在手上的茶茶拿去洗一下，結果發現茶茶濕透了。我至今仍然清楚記得當時手心濕潤的感覺。

原來這孩子都背著我偷哭，但他從來沒有在我面前流過一滴淚水。

記得以前一家三口生活時，他是一個很健談的開朗孩子，但那天之後，他突然變得沉默寡言。我也曾經因為不知道他在想什麼而感到不安，只不過再怎麼不安，也只能默默守護在他身旁，然後有一天，突然發現茶茶渾身濕透。我的淚水忍不住在眼眶打轉，兒子這麼努力，我這個當爸爸的不能輕易流淚，所以就咬緊牙關，忍住了淚水。

那段時間，我經常在推特上寫下「兒子房間沒有異常」的推文，這其實是我寫給自己看的，沒有異常就代表兒子今天沒有哭。這是世界上最小單位的家庭，為了向前邁進必要的推文，在推特上發便當照則是為了鼓勵自己。每次看到有一百個左右的「讚」，我就覺得自己得到了那麼多讚許。

當年的小學生已經成為高中生，這沒什麼好驚訝的，也並不值得驕傲，我只是很慶幸走過的每一天。不，不對，茶茶，是拜你所賜。謝謝你。對了，你現在也是高中生了。因為這個絨毛娃娃和兒子同一年出生，我差點忘了這件事。因為你一直默默守護在兒子身旁，他才終於成為高中生了。實在、實在太感謝你了。

即使兒子長大離家後，我也會珍惜你，繼續和你一起生活。

一言為定。我們是一家人。

兒子說，家庭眞不錯

九月某日。凌晨四點半起床，做好三明治後，交給了正在做出門準備的兒子。我們五點多出門，一起去蒙帕納斯車站。因為是假日，而且是凌晨，路上沒什麼車，我把車子停在車站前。

「你搭上TGV（法國高鐵）後，就傳簡訊給我，到了N市之後，以及要回來時，都一定要傳簡訊給我，隨時告知你的狀況。因為你還未成年，知道嗎？」

「嗯。」

我目送兒子走進車站後回到家裡，繼續躺回床上，收到兒子傳來「準備出發了」的簡訊，終於放心地睡著了。

兒子今天去女朋友艾琳娜家裡玩，艾琳娜一家四口，住在離巴黎超過四百公里的N市郊區（相當於東京到名古屋的距離）。兒子買到了優惠車票，所以去和女朋友見面。雖然他們互稱為男朋友、女朋友，但還是小孩子，他說想見女朋友，我說如果當天來回就沒問題。他預定在晚上十點回到蒙帕納斯車站。

我的朋友莎拉之前打電話給我。

「我很擔心，因為你根本不知道對方是什麼樣的家庭，雖然你認為沒問題，但法國有各式各樣的人，等到出事之後再後悔就來不及了，你最好還是小心一點。」

但我還是同意兒子去和他女朋友見面，所以他就去了女朋友家。

「莎拉，謝謝你，但我相信我兒子。」

「我知道，不過法國很大，未必遇到的每一個人都是好人。我不是在歧視，但這個國家有各式各樣的人，有很多移民，也有不少外國人，既然是在網路上認識的，我們根本不瞭解對方的背景，想到萬一有什麼狀況，我就擔心得如坐針氈。」

「我也一樣，但我曾經見過艾琳娜，更何況我是作家，覺得能夠大致瞭解她成長的背景。」

離晚上去車站接兒子還有很長的時間，於是我前往附近的公園，整個下午都在為演唱會而練習，只不過等了半天，也沒等到兒子傳來的簡訊。

十七個小時以後，我配合高鐵抵達車站的時間，在車站準備接送他。兒子準時打了電話給我。

「我到了，你在哪裡？」

「就是你今早下車的地方。」

不一會兒，背著背包的兒子走了過來，然後坐在副駕駛座上。

「怎麼樣？」

「嗯，我跟你說……」

兒子很少把感情寫在臉上，從他滿面笑容的樣子，我立刻知道他度過了愉快的一天。知子莫如父。我用力摸了摸他的頭，然後緊緊摟住他的肩膀。

「艾琳娜的爸爸很親切，他說我千里迢迢去他們家，他覺得很高興，艾琳娜的媽媽還為我做了便當，讓我可以在回程的高鐵上吃。」

「便當？」

「法式便當，三明治和薯條，很好吃。」

我發動引擎，把車子開了出去。車外是一片和凌晨五點半的蒙帕納斯車站一樣昏暗的景色，寂靜無聲，時間彷彿停止了。

「她爸爸是怎樣的人？」

「一直都笑容滿面，她媽媽也很親切，可以感受到艾琳娜生活在幸福的家庭。」

雖然我知道不該問東問西，但還是有必要瞭解一下，而且我也沒忘記莎拉的忠告，所以想知道對方的父母是什麼樣的人。向來怕生的兒子一臉幸福，我很少看到他露出這種表情。後來我決定不再多問。我很感謝莎拉，但我認為一定沒問題。

「太好了，你覺得幸福嗎？」

「爸爸，我覺得家庭真不錯。」

「是嗎？」

「有房子，有貓，有一個和艾琳娜長得很像的姊姊，還有她的父母，家裡飄著熱湯的香氣，夕陽在窗外的樹林中慢慢下沉，可以聽到他爸爸彈吉他的聲音。家裡很溫暖，充滿了笑聲……」

「你之後還可以再去找她玩。」

「是啊，但我的零用錢不夠，所以還要再存一陣子。」

「別忘了要寫明天的功課。」

「嗯，我會寫。」

我們的車子穿越夜晚的巴黎，兒子明天要繼續他的高中生活。他在慢慢長大成人。人生中這個小小的片斷烙印在我的記憶中。我認為這可以稱之為幸福。

學會煮菜的兒子做了簡單的奶油煎洋芋麵疙瘩

九月某日。我整個人都提不起勁，對家事、對工作感到疲累，於是乾脆倒頭就睡，此時有人來敲臥室的門。

「進來。」

「我可以煮飯嗎？」

我睡得迷迷糊糊，看了一下時鐘，十一點半了。對了，今天是星期六。

「嗯，可以啊。」

最近，兒子開始自己下廚。雖然會做的菜有限，但他說吃自己做的菜別有一番滋味。很好，很好，爸爸渾身無力，你就自己張羅吧。

但是因為要用火，我還是有點擔心，於是三十分鐘後便去廚房張望。

「你在做什麼？」

「奶油煎洋芋麵疙瘩和歐姆蛋。」

我探頭看向平底鍋，發現洋芋麵疙瘩煎得很香，廚房內都是奶油的香氣。我的義大利朋友每次聽到煎洋芋麵疙瘩這道食物，就會生氣地說那根本是歪門邪道，但不先用水煮，而是直接用奶油煎，最後再加一點醬油，口感會很像年糕一樣，實在太好吃了，小孩子都愛吃。但有一件事要注意，有些洋芋麵疙瘩適合煎來吃，有些不適合。

「你要用什麼調味？」

「葛拉姆馬薩拉[1]，或是咖哩粉之類的辛香料，而且因為用奶油煎，當然要加醬油，還有檸檬。」

這樣啊。

「啊，爸爸，我想做成介於炒蛋和歐姆蛋之間的蛋，要怎麼煎？」

「你要自己想像之後實際動手做看看，即使失敗也沒關係，關鍵在於加入高湯和砂糖。」

「OK。」

我覺得很有意思，於是就在一旁看著他。他做得有模有樣，把鰹魚露、醬油和砂糖加入蛋汁。嗯，很不錯。他似乎打算用平底鍋。重點來了。

「要不要試試用奶油？就可以做出介於炒蛋和歐姆蛋之間的感覺。」

「爸爸，要不要順便幫你做一份？」

「好，那你留一些給我，我晚一點會吃。」

「OK。」

我走進飯廳，發現他坐在餐桌旁，用手機看著YouTube影片，開心地吃著午餐。今天是星期六，就讓他輕鬆點。我打算睡上一整天，這個週末都沒什麼精神，我準備睡個夠。等體力恢復，下週再來好好努力。該休息的時候就要好好休息。

1　一種印度綜合辛香料。

寧靜的週六午後，家裡都是奶油和醬油微焦的味道。

下雨的週日，討厭排隊的法國人排隊的理由

九月某日。今天是星期天，我懶得下廚。每天在廚房做飯太累了，而且我也想和兒子偶爾聊聊，於是就和他一起去餐廳吃飯。

「最近怎麼樣？」

「就這樣啊。」他一如往常地回答。

「有沒有交到朋友？」

「還是老樣子啊。」

「和艾琳娜之間呢？」

他用法文小聲發牢騷說：「又不關你的事。」在吃完晚餐之前，我們都沒有再說一句話。我忍不住在心裡罵他，這傢伙難道沒有話要和父親聊一聊嗎？

吃完晚餐，我們決定走一走，所以沒有搭地鐵，而是徒步一路往家的方向前進。沒想到走出小巷後，馬路上人山人海。整條道路上到處都是人、人、人，而且排成長長的隊伍，看不到盡頭。兒子拿出手機查了一下說：「我們好像撞見了席哈克前總統的國民告別式。」

警察開路的好幾輛大型車輛駛過我們面前，記者站在電視台攝影機前報導，前總統的遺體似乎已經抵達。我們走進了一般民眾向前總統致哀的隊伍中，警察伸手一指，叫我們去那裡，我和兒子只好走向排隊的人群。當我們回過神時，發現自己排進了隊伍之中。

「爸爸，雖然和我們沒關係，但既然撞見了，可以稍微在隊伍裡排一下嗎？」

「嗯，好啊。」

因為我們想往前走，雖然試圖離開隊伍，但人實在太多了，而且設置了路障，根本動彈不得。隊伍中，有人手捧花束，準備獻給席哈克總統，也有人舉著不知道寫了什麼的牌子，每個人都帶著不同的心情來到這裡，我們這對日本父子也擠在這些人群當中。

「前總統一定在民眾心裡留下了什麼，所以大家不顧今天下這麼大的雨，仍然聚集在這裡向他致哀。受人愛戴真了不起，並不是每一個總統或首相都能夠受到此等待遇，但是有這麼多人聚集在這裡悼念，我認為是一件很不容易的事。」

「因為他很親民。」

「你看，人好多啊，討厭排隊的法國人竟然在乖乖排隊，我第一次看到。」

「是啊。」

「爸爸，當一個人不說話時，別人就要求他表達意見；一旦說了什麼，別人又會請他不要亂說話，別出風頭，反正無論怎麼做，都會有人挑毛病。這是一個人人都可以批評他人的世界，整天只會說別人壞話，只會批評，對他人完全沒有絲毫的尊重，這就是網路世界討厭的地方。」

兒子用法文說，但都挑選我能夠理解的單字。

「我經常覺得，無法尊重別人的世界很悲哀，在網路上，因為可以匿名，很多人口出惡言，攻擊別人。我相信席哈克前總統應該有很多政敵，但他離開政壇許多年，聚集在這裡的人雖然都沒姓沒名，卻可以感受到他們的心情。我忍不住想，一個人死的時候，竟然有這麼多人來悼念他，不知道是怎麼一回事。雖然只是很平凡的感想，但我想說出來。今天剛好經過這裡，真是太幸運了。」

我用力拍了拍兒子的肩膀，向門內鞠了一躬，然後離開了隊伍。

兒子的長期獨居術

十月某日。我在東京期間，兒子獨自住在巴黎。以前我因為工作回日本時，他都會住去朋友家，但現在他已經長大了，不能一直麻煩別人。他只會在週末時去朋友家，平時就一個人住在家裡。因為他已經讀高中，法國的法律允許他獨自在家。我在離開巴黎前，去買了兩個星期份的食材，然後為他備好餐。兒子平日中午在學校吃營養午餐，週末去亞歷克斯家，所以我必須準備十天份的早餐和晚餐。

早餐問題不大，他都吃玉米早餐脆片或吐司，如果吃完了，他可以去熟悉的超市補貨。問題在於晚餐，我希望他可以吃到我親自為他做的料理，於是製作了很多咖哩、漢堡排、味噌鮭魚、奶油炒菠菜、奶油胡蘿蔔塊和白飯，裝在保鮮盒內，放進冷凍庫。同時，在冰箱裡準備了可以冷藏保存的即食調理包，和保存期限比較長的三明治。因為冷凍庫的空間並不大，所以可以冷藏保存的即食餐盒、漢堡排比較方便。為了以防萬一，我還在櫃子內準備了能夠常溫保存的菜餚。萬事妥當。

法國的即食料理包文化很先進，有點像飛機餐。在日本生活，只要走進便利商店，就可以買到各式各樣的便當，法國的便利商店雖然沒有便當，但即食料理包區域占據了很大的空間。雖然沒有日式料理有點傷腦筋，但這也是無可奈何的事。奶油醬汁鮭魚配燴飯、厚切香腸或燉鹽豬肉配小扁豆、炸小牛排配胡蘿蔔附寬扁麵，各種即食料理包的種類都很豐富，在咖啡廳可以吃到的傳統法國料理，幾乎都可以在超商買到（進軍日本市場的Picard冷凍食品超市是法國冷凍食品文化的老牌子，有蛋糕、握壽司，連拉麵都有，只要用心找，經常可以找到好吃的食物）。

我們住的地方附近有兩家日本的便當店（最近便當很流行），如果兒子想吃日式料理，可以去買炸豬排飯或是幕內便當[2]。他這次要挑戰兩個星期的獨居生活，我預感到辻家將邁入一個新的時代，如果這次的挑戰成功，我就可以更自由地往返於日本和法國之間。

到目前為止，並沒有任何問題，唯一的問題，就是他完全沒消沒息。於是，我在為演唱會練習的空檔，用WhatsApp（法國版的Line）不停地傳訊息給他。

「Tu m'envoies un message tous les jours stp. C'est juste savoir si tu vas bien. Parce que je suis ton papa!（今天還好嗎？記得每天傳訊息給我，切記！我只想知道你好不好，因為我是你的爸爸！）」我早、中、晚都傳訊息給他，隔天早晨，終於收到了他的訊息。

「D'accord（瞭解）。」他的訊息只有這一句話。我猜想他一定想說——煩欸。

兒子的青春期仍然在繼續。

2 源自江戶時期，為歌舞伎幕與幕之間休息時食用的便當，可以快速填飽肚子。

兒子的幸福論

十月某日。兒子房間一大早就傳來乒乒乓乓的巨大吵雜聲，我走去他房間一看，他正在進行大掃除，同時搬動各個傢俱。他把書桌移到床邊，房間頓時變得稍微寬敞了些。

「怎麼了？為什麼突然要整理房間？」

「嗯，因為艾琳娜要來家裡。」

原來如此。他的女朋友不久之後要來家裡拜訪。目前是法國的秋季假期，兒子的女朋友要從四百公里外的N市來我家，然後當天往返。兒子平時的房間簡直就像垃圾屋，即使叫他整理，他也只是敷衍過去。我能夠理解他想在女朋友面前表現出好的一面，但還是覺得他很現實。

「你平時就應該保持房間這麼乾淨。」

我原本是想挖苦他，但戀愛中的高中生似乎聽不出來。

「我以後會這麼做，即使她隨時來找我玩都沒關係。啊，爸爸，我今天可以去

Ikea嗎？我想要買點東西。」

「嗯？你要買什麼？」

「我想買一張小地毯，鋪在這裡，另外還想買一盞小燈放在這個架子上。」

他指著房間中央，樂不可支地說。

「燈？」

「燈光效果不是很重要嗎？（說這句話時混著法文）」

還真有那麼一回事呢！我對他說，只要能夠控制在他自己存的零用錢範圍內就好。他似乎已經算好了，說只要控制在五十歐元內就沒問題。我苦笑著在床上坐了下來，兒子也挨著我坐在旁邊，然後露出喜孜孜的表情，告訴我打算和艾琳娜共度一天的計畫。我之前就聽過這些安排了，但內容有小幅更動。因為增加了一些想去的店。

「我發現自己對幸福很飢渴。」

他說的話讓我大吃一驚。

「雖然我很感謝爸爸，但爸爸已經是老人家了。」

你在說什麼鬼話！

「老人搭地鐵的票價不是比較便宜嗎？」

我突然發現了這件事，不禁感到愕然。沒錯，搞不好去美術館也可以買老人票了。既覺得占了便宜，又同時被現實給打敗。兒子露出了苦笑。

「我不會忘記和爸爸相依為命的日子，也希望爸爸可以長命百歲，但我必須思考自己的人生。我希望擁有自己的家庭，腳踏實地，無欲無求，在這個世界的某處幸福地生活。我希望得到幸福，從小學開始，就一直在追求幸福。我沒什麼野心，只想和心愛的家人靜靜地過上平凡的日子。」

兒子滔滔不絕地說著這些事。我原本想對他說，人生不如意事十之八九，但隨即把話吞了下去。因為這是他的人生……

我打量著他的房間。想到只是女朋友要來家裡，世界就發生了這麼大的變化，有一種酥癢的感覺，但同時又很高興，內心很感謝艾琳娜的出現。

「啊，爸爸，今天可以讓我做午餐嗎？」

「可以啊，你想做什麼？」

「我想做一道沙拉給艾琳娜吃。爸爸，你應該也知道這道巴黎女子沙拉吧？」

我噗哧一聲笑了起來。

「艾琳娜吃了這道沙拉，也可以成為巴黎女子。」

「沒辦法啦。」

「我在開玩笑。」

「我知道，爸爸的玩笑從以前就是阿伯冷笑話，你在年輕女生面前一直說這種冷笑話會被人討厭，要小心點。」

我們都笑了起來。兒子看起來像大人，明年三月之前，兒子必須決定日後進修的領域，為大學升學做準備。我們談論了他的未來，為了建立自己的家庭，必須滿足必要的條件，但同時也要從事他認為有意義的工作。

他要慢慢摸索這樣的未來。兒子難得說個不停，他的談話中充滿了希望、未來和幸福。我面帶微笑，安靜地聽他說。艾琳娜不久之後就會來我們家，我該用什麼態度迎接她？兒子說，保持自然就好。明明保持自然是一件困難的事。我決定從今天開始進行特別訓練，學習如何保持自然。

緊急狀況，要幫朋友照顧孩子

十月某日。大事不好了。朋友的兩個孩子，分別是十三歲的瑪儂和八歲的尼古拉要來我家住一、兩晚。好朋友夫婦發生了意外狀況，雖然無法在這裡詳細說明具體情形，總之，他們夫妻兩人都用WhatsApp和我聯絡，希望我臨時幫幫這個忙。

我問兒子的意見，「那也沒辦法啊。」他露出一絲不安的表情同意了。瑪儂是女生，如果不是緊急狀況，我一定不會點頭答應，更何況如果朋友不是走投無路，不可能找我幫忙。因為我是單親爸爸，而且是法文很差的日本人……

下午的時候，兩個孩子的爸爸帶他們來訪了。他一次次向我道歉，但看起來很憔悴，我請他放心。瑪儂和尼古拉應該也很不安，我面帶笑容，用法文親切地對他們說，把這裡當自己家，玩得開心點。

我想起剛到法國不久，也就是十八年前買的沙發可以當床使用，於是把兒子找來，一起把沙發變成床。十八年前舊沙發的彈簧發出吱吱嘎嘎的聲音，終於變成了一張沙發床。瑪儂和尼古拉被我們的行動力嚇到，瞪大眼睛注視著我們。鋪好床之後，因為我的書房和這個房間之間是玻璃窗，所以用報紙遮住，讓他們可以自由自在地安心睡在那裡。瑪儂說，好像飯店一樣。我對她說，這裡是TSUJI飯店。

我看到尼古拉低著頭，覺得必須逗逗他，於是我請兒子來幫忙，大家一起做鬆餅。我對兒子說：「他們家發生了重大變故，你是哥哥，要陪他們一起玩。」於是四個人擠在狹小的廚房內一同做起了鬆餅。

「聽好了，我今天是主廚，要教你們怎麼做鬆餅！」

「是，主廚！」兒子故意大聲回答。

尼古拉也小聲跟著說：「是，主廚。」

瑪儂是小女生，發出呵呵的笑聲。

太好了，他們聽得懂我說的法文。我把加了麵粉、奶油、砂糖、泡打粉和雞蛋的容器交給尼古拉，他按照我教的方式，用打蛋器開始不停地攪拌。看著他認真的表情和可愛的小手，我想起了兒子小時候。我們父子也曾經克服了很多苦難，才終於走到今天。

「加油！」我脫口說了日文。兒子在一旁插嘴說：「爸爸，他們聽不懂日文。」一個又一個鬆餅終於完成了，尼古拉的臉上露出了笑容，瑪儂也笑了。我們把楓糖漿和奶油放在剛煎好的鬆餅上，一起大快朵頤。總覺得我們就像是臨時湊合的家庭。兒子和瑪儂年紀相近，所以很聊得來，他教瑪儂要怎麼讀書，看起來很像兄妹。兒子平時總是一個人，看到家人增加了，似乎很高興。

太好了，一定有辦法度過的。我鬆了一口氣。我們決定洗澡時，要在門上貼「使用中」的便條紙（因為我家的浴室兼廁所的門鎖壞了），以及進去廁所時，一定要先敲門。由於必須建立很多規矩，我讓幾個孩子發揮自主性，由他們決定「要這麼做，或該那樣做」。這個方法似乎奏效了。兒子提出，吃完飯後要收碗盤（太了不起了！）。瑪儂說，她負責洗碗。我們都用法文交談，那兩個孩子說話的速度很快，我聽不懂的時候，兒子就會為我翻譯。

第一天就這樣結束了。吃完晚餐後，大家一起準備上床。他們洗完澡後，我們排成一排，一起刷牙。我對瑪儂說，妳睡在尼古拉旁邊，代替媽媽照顧他。她點了點頭說好。我又告訴她，有任何狀況，隨時可以把我或兒子叫醒。冰箱裡有果汁，我會在桌上放餅乾和麵包，肚子餓了可以吃。「嗯，主廚。」尼古拉點了點頭。在他們睡著之前，我在寫小說的同時，不時去照看他們。

深夜，他們的媽媽傳了訊息給我。

『辻先生，太謝謝你了，他們還好嗎？對不起，只能拜託你幫忙，我由衷感謝你。我們目前雖然有點措手不及，但應該可以解決……』

我傳了鬆餅的照片給他們，同時附上一句『我愛你們』。

兒子女朋友的巴黎之行泡湯了

十月某日。辻家從一個月前，就因為兒子說「女朋友要來家裡」而忙得一團亂，兒子甚至為了迎接艾琳娜，還徹底將房間改造一番，明天就是艾琳娜準備來家裡的日子，沒想到這個行程竟然臨時取消了。先說結論，就是她沒辦法過來巴黎。原因在於成為法國一大特色的國鐵（SNCF）罷工。兒子走到我面前大叫：「我們沒辦法見面了！」

打開電視，所有頻道都在報導國鐵罷工的新聞。今、明兩天，法國國內十九班高鐵中，有七班都停駛。這次是員工對退休條件不滿而決定罷工，在勞資雙方達成協議之前，將斷斷續續罷工，同時會提前二十四小時通知哪一班高鐵停駛，艾琳娜剛好遭到波及。因為十班列車中有七班停駛，乘客自然會改搭其他班次，每一班都人滿為患。艾琳娜即使想來和兒子見面也無法成行。

下個月是艾琳娜生日，兒子也已經買了去N市的車票，但也要到搭高鐵前二十四小時，才知道是否能成行。不愧是法國，艾琳娜和兒子不是遊客，所以影響還不大，如果觀光客來到法國旅行遇到這種事，真的就欲哭無淚了，旅行的計畫可能會在轉眼之間泡湯。法國國鐵和法國航空特地挑選大家度假的時候舉行罷工，這是法國的罷工方式，已經習慣罷工的法國人會發揮同理心，覺得這是無可奈何的事，但外國觀光客遇到就很傷腦筋了。當然，因為罷工停駛的班次車票可以退，所以遊客都會擠去窗口退票。

目前沒有人知道，法國國鐵這次的罷工會持續到什麼時候。已經收到通知，十二月五日將會舉行大規模罷工，或許會在那個時候告一段落，但如果勞資雙方對退休後的條件無法達成協議，罷工可能會持續下去。這些鐵路員工靠自己改變未來的態度，和黃背心運動也有共同之處。法國是階級社會，貧富差距很大，雙方各執一詞，公說公有理，婆說婆有理，所以經常發生罷工和遊行示威，努力異中求同。

過度激烈遊行示威當然會引起批判，但法國社會接受某種程度的激進。十五年前，我第一次遇到遊行示威時，眼睜睜地看著小報亭在我面前燒了起來。在外國人眼中，覺得簡直就像是戰爭的狀態，但是當遊行隊伍經過之後，一切又恢復到正常的生活。

話說回來，法國的遊行示威和罷工實在太多了，在這個國家，只要堅持自身的主張，有時候就會突然得到接納。據理力爭很重要，遇到警察或是在申請簽證時，只要堅定自己的想法，就可能獲得同意。我曾經多次用這種方式突破難關，所以我認為罷工和遊行示威不可能消失。雖然從某種意義上來說，會為生活帶來不便，但我認為法國是一個在人性方面相當有趣的國家。

尼古拉再次上門

十月某日。原本兒子的女朋友要來家裡，所以我想用新鮮的野生無花果做成水果塔招待她吃（一位住在巴黎郊區的朋友自家的山上，就有種好吃的無花果！）。我從前一天就開始準備，因為將塔皮放在冰箱內冷藏一天之後，吃起來的口感完全不一樣！

沒想到因為國鐵罷工，艾琳娜無法來我們家，無花果塔卻完成了。真是意外！既然已經準備了塔皮，而且又有大量好吃的野生無花果，雖然艾琳娜無法來我們家作客，但我還是按照原定計畫，上午在廚房忙著做甜點……兒子得知艾琳娜無法過來，就找了幾個同學到家裡練習節奏口技。無花果塔做得很成功，於是我拿去兒子房間，問他們要不要吃無花果塔，沒想到所有人都不屑一顧，無情地拒絕說「不用了」。男生都不太喜歡無花果或是藍莓。嗚嗚嗚。

我也是男人，同樣不喜歡吃無花果塔。沒錯沒錯，這個無花果塔是為艾琳娜做的，令人垂涎三尺的無花果塔放在桌上，看起來很寂寞。真是的，我沮喪地把無花果塔留在那裡。下午三點多時，門鈴響了。我納悶是誰上門，拿起對講機一問，聽到一個小孩子的聲音說：「我是尼古拉。」

「咦？尼古拉？怎麼了？」我用法文問，他回答說，想要來我家玩。

我大吃一驚，急忙衝下樓梯，八歲的尼古拉站在玄關，瑪儂也站在他身旁。

「你們兩個人自己來這裡嗎？」

「尼古拉吵著要來，我等一下要去朋友家玩，尼古拉可以去你們家嗎？」

「咦？喔，當然沒問題。」

瑪儂立刻轉身離開，我聳了聳肩，尼古拉也模仿我，聳了聳肩。

於是我帶尼古拉進屋後，拿出無花果塔問他：

「你要吃嗎？」

「啊？可以嗎？嗯，我想吃，看起來很好吃！」

我從廚房拿來打蛋器，和裝在碗裡的鮮奶油，在他面前攪拌起來。好奇心旺盛的尼古拉雙眼發亮，中途我們兩個人一起攪拌，很快就打發好鮮奶油。以前兒子也做過同樣的事，但他現在已經不會再和我一起做這些了。長大就是這麼一回事吧。

我把打發好的鮮奶油放在切片的無花果塔旁，裝在盤子裡，端到尼古拉面前問：

「怎麼樣？是不是看起來很好吃？」

「真好吃，真好吃。」尼古拉連聲稱讚，很快就吃完了。

喔喔，這個孩子真可愛。

我立刻打電話給他媽媽。他父母都去上班了，家裡只有尼古拉和瑪儂兩個人。姊姊瑪儂想去朋友家玩，尼古拉覺得很無聊，瑪儂想到只要把尼古拉帶來我家，我應該願意收留他，於是就帶他上門了。

「辻先生，真不好意思。我晚上會去接尼古拉，可以麻煩你照顧他一下嗎？」

尼古拉的媽媽在電話中說。

「當然沒問題，我剛好沒事，所以很高興他來家裡陪我，妳慢慢來沒關係。他正在我旁邊吃無花果塔。原本乏人問津的無花果塔很開心，我也很開心，所以妳完全不必介意。」

我猜想尼古拉應該很渴望這種味道。話說回來，無花果塔沒有浪費，真是太好了，也許這就是那些無花果的命運。尼古拉吃完點心後，我和他一起玩火影忍者遊戲。太開心了。陪小孩玩真的很療癒。

尼古拉，隨時歡迎你再來。

兒子終於拿到了文憑，我放聲大哭起來

十一月某日。雖然時間有點晚了，總之，在法國的新學期開學兩個月後，兒子就讀的中學終於隆重舉辦了頒發中學畢業考合格證書（文憑）的儀式。所有學生都已經畢業，分別進入了不同的高中，但因為是國家考試，所以直到這個時候，才終於收到證書。因為這是第一次，於是我們父子一身正裝打扮來到學校，發現學校鋪了紅地毯迎接。我把以前的COMME des GARÇONS舊西裝送給了兒子，不知道是否該說「佛要金裝，人要衣裝」，他看起來挺帥的（笑）。

他個子很高，有一雙細長的清秀眼睛，而且因為是運動選手，身材很壯碩，和那些整天只會讀書的法國同學站在一起，格外引人注目。身為父親，我已經得意得快要飛上天了（對不起，我知道自己失去了理智，總覺得孩子天下第一，但今天請忍耐我一下……）。

學生都從另一個入口走進禮堂，家長則直接前往禮堂。紅地毯的兩側點著蠟燭，簡直就像是電影情節。禮堂內坐滿了畢業生家長，我坐在後方的座位，但兒子的同學很多都是從小學就讀同一所學校的同學，所以我也認識他同學的家長，大家彼此打招呼、握手。校長致詞之後，叫了每個人的名字，公布考試成績。「優異」是最高等級，接著是「優秀」和「良好」，如果成績普通，就不會特別宣布成績。對父母來說，等於會在所有學生和家長面前得知自己孩子的成績，所以有點殘酷，但這是法國的傳統，也沒辦法。只不過我根本不知道這些規矩，因此比別人更加緊張。

A班的同學被叫到名字，第一個學生走上台時，所有家長都鼓掌喝采。無論是不是自己的孩子，因為都是在同一個教室內學習長大，所以大家都很熱情。可以想像一下美國大學的畢業典禮，差不多就是那種感覺。第一個學生的成績是「優異」，對這個學生的評語是「雖然他個性有點毛躁，但比任何人還要努力」，所有人都為他鼓掌。

我因為太緊張，甚至沒有餘裕鼓掌。記憶就像走馬燈般在腦海中重現，不可思議的是，浮現在腦海的幾乎都是美好的事，沒什麼負面的記憶。眼眶漸漸濕了。這些孩子長大了，大家都很出色，也很努力。這麼一想，就覺得眼前的場景比電影、電視劇更真實，更令人感動。

淚水模糊了視野，眼前看不太清楚。坐在我旁邊的同學爸爸勒文茲基先生借了條手帕給我。我在哭，但大家都滿面笑容。其他家長安慰我說：「你兒子是最後一個，現在哭還太早了。」

老師在叫女生名字時，都會加上「女士（madam）」的稱呼，坐在我後面的一位爸爸問：「那個同學結婚了嗎？」另一位媽媽則提醒那位爸爸說：「在行政上，所有女性都是女士，你不知道嗎？」有許多法國人都不知道這件事，那位爸爸向其他人抗議說：「明明稱為小姐（mademoiselle）更適合。」另一位母親反駁說：「這是歧視女性。」把他的話頂撞了回去。這種場景很法國。

威廉上台了，羅曼上台了，馬克、亞歷克斯也上台了，在日記中經常出現的同學都接連上台，我的緊張達到了最高峰。但還是覺得必須留下一些影像，於是開始用相機拍攝。最後的最後，終於叫到了兒子的名字，但是我太感動，太興奮了，完全沒聽懂老師之後說了什麼。

兒子落落大方地上台，從班導師手上接過了文憑。聽到兒子的成績「優異」，我的淚水再次滾燙地滑落，之後視線完全模糊，什麼都看不到了。孩子們站在台上同時大叫，一片歡聲雷動，一股感動包圍了所有家長。

儀式結束後，在食堂舉辦了盛大的派對。食堂提供葡萄酒和輕食，這種作風很有法式風情，我和認識的家長在聊天時，兒子跑了過來，臉上帶著在家裡時從來不曾見過的笑容。他這一陣子為女朋友和升學的事煩惱，所以我很擔心他，沒想到他用出色的方式粉碎了我的擔憂，他露出燦爛的笑顏跑了過來，對我說：「爸爸，謝謝你。」其他家長也都一下子圍住了他，紛紛摟住他的肩膀對他說：「恭喜！」我忍不住想，這個孩子受到這麼多人的喜愛，想到這裡，又再次啜泣了起來。

如果我會抽菸

十二月某日。凌晨五點，有人來敲門。我正在做夢，夢見我父親，他坐在後座，我開著車，但因為有人敲門，所以我就醒來，父親也同時消失了。

「爸爸，時間到了。」兒子對我說。

「好，我現在已經起床了。」

這句日文有語病。我打開臥室的門，兒子已經準備就緒，站在門外。今天兒子要按照很久之前的計畫去N市，當天往返。因為時間實在太早了，所以由我送他去蒙帕納斯車站。但是他和艾琳娜已經不再是男女朋友的關係，原本以為兒子去N市的行程會取消。我當然不可能向他打聽他們之間的詳細情況，只好告訴自己，青春就是這麼一回事，不再多加干涉。前一天，兒子對我說：

「明天要送我去車站喔。」

「要不要帶三明治？你可以在高鐵上吃。」

「謝謝，我要帶。」

我在做三明治時，兒子走過來，站在我身旁。我可以感受到他想說什麼。

「但是我只要一半就好，今天會和艾琳娜去很多地方吃吃喝喝，也已經決定了吃午餐的地方，回來之前，還要去吃漢堡。」

「你身上有錢嗎？」

「有啊。我們只是學生，又不會花太多錢。」我從買菜的皮夾中拿出二十歐元，說了聲「樂捐」，把錢交給他。兒子笑著接過錢，俐落地塞進了口袋。

「我還以為你們分手了。」

我坦誠地說出了內心的想法，兒子笑了笑說：

「我們現在是好朋友，這樣就永遠不會分手了。」

「喔，不錯啊，因為你們是遠距離，也許這種交往方式比較好。」

「嗯，所以今天要到處走走，吃吃喝喝。」

雖然他說這是他的初戀，但他才十五歲，而且他們也才見過兩次面，所以戀愛根本還沒開始，也談不上結束。

從某種意義上來說，這也是戀愛的第一步。

他們只是心血來潮地向雙方的父母宣布，兩人是男女朋友，但其實只是好朋友而已。他們並不是因為見不到面而痛苦，只是太年輕，所以選擇成為好朋友的關係，我認為這個決定非常明智，也許會因此有不同發展，或許會發現更重要的事，能夠從不同的角度瞭解世界。兒子看起來很輕鬆，我相信他們兩個人的心情都很輕鬆。兩人一定經過認真的討論，才做出了這樣的決定。雖然身為父親，我原本有點擔心，但一切都是杞人憂天。

星期六清晨，我在漆黑的蒙帕納斯車站前讓兒子下了車。

「那我走了，晚上可以自己回家，你在家等我就好。」

「你大約幾點回來？」

「我想一下，大概晚上十點左右。」

「OK，代我向艾琳娜問好。」

「嗯，我會轉告她的。」

我坐在車上，目送兒子走進車站。我的雙手離開了方向盤，他的背影消失在車站後，我仍然沒有把車開走。如果我會抽菸，這種時候就會打開車窗，抽一支菸。

補記（以下是睡前匆匆補充的內容）。

晚上十點多，兒子回來了。

「怎麼樣？」

「嗯，很不錯啊。」

「是嗎？那太好了，爸爸先去睡了。」

「爸爸，」我準備走進臥室時，兒子叫住了我，「艾琳娜說，我生日的時候，她想來巴黎，可以嗎？」

我轉頭看著他，笑著用法文對他說：「完全沒有理由不可以啊。」

這種雙重否定的說法很法國，啊，好麻煩。哈哈，但是用來掩飾害羞剛剛好。

和兒子討論重要的事

十二月某日。對父子家庭來說，和兒子兩個人吃晚餐時，是瞭解彼此想法的一刻。回想起來，從兒子小學高年級到目前高中為止，我們都用這種方式一起吃晚餐。我覺得兩個男人的生活也不壞，這句話並不是打腫臉充胖子。只不過在吃晚餐時，他很少主動聊以前的事。他的記性很好，就連十年前只見過一次的人，也記得一清二楚，所以我認為他並不是遺忘了過去，不過他從來不會提小時候的事，也就是以前一家三口時代的事。

晚餐時間是我瞭解兒子內心的重要時光。我身為父親，希望瞭解他在日常生活中的想法。雖然我不會沒話找話和他硬聊，但看到他有聊天意願時，我不會嫌麻煩，盡可能認真聽他說話。今天他和我聊到下個月十六歲生日的事。

「我下個月生日時，想找幾個朋友來家裡開睡衣派對，可以嗎？」

所謂睡衣派對，就是幾個小孩子住在我們家，熱熱鬧鬧開派對到天亮。法國的孩子在漸漸長大後，就會開睡衣派對，亞歷克斯生日時，找了六個小學同學去他家，舉辦了睡衣派對。

「當然可以，這是每個人的必經過程。爸爸會煮飯給你們吃。有誰會來？」

「我打算找亞歷克斯和伊蓮娜，艾琳娜也想要來，總共四個人。」

我沒有出聲。亞歷克斯是兒子從小一起玩到大的朋友，所以沒問題，但伊蓮娜和艾琳娜是女生，而且艾琳娜要從很遠的地方來這裡。

「我記得之前就已經跟你說過，你們已經是大人了，所以不能讓女生在我們家過夜，而且艾琳娜要從那麼遠的地方來這裡，事情就更複雜了。」

兒子想了一下後說：「好，那就取消吧。」

「你聽我說，你們正在轉大人，從某種意義上來說，是敏感的時候。即使對方的父母認為沒有問題，爸爸也不能答應。我知道你們都很乖巧，也謹守本份，但還是不能讓女生在我們家過夜。這不是歧視，而是因為你們正值年少輕狂的年紀，只邀男生來參加不是很好嗎？」

「雖然是這樣，但我交朋友時，並沒有考慮是男是女的性別問題，不過，我能夠理解爸爸想要表達的意思。雖然很可惜，但我決定取消。」

雖然他說和艾琳娜變成了好朋友，但他和以前沒什麼兩樣，還是個小孩子。他的想法當然很正確，但我必須妥善引導他，這是我的使命。不能答應他提出的所有要求，我可以做很多飯菜和點心給他們吃，卻沒有自信能夠照顧好所有孩子。

「爸爸，對不起，雖然我知道你不會同意，但是對我來說，亞歷克斯、伊蓮娜和艾琳娜是我目前最重要的朋友。即使找四個男生來家裡玩，我也不會高興。雖然能夠理解男生和女生的危險性，但我只是想在一輩子只有一次的十六歲生日時，和真正重要的朋友一起聊天到天亮。艾琳娜說她也想來參加，我很高興。想要向她介紹我的朋友，也想把她介紹給我的朋友，但是，我能夠理解爸爸的立場，所以這件事就忘了吧。」

兒子問我，爸爸，你的職業是什麼？

十二月某日。早晨起床後，兒子叫住了我。

「爸爸，我考完試了，聖誕節快到了，是不是今天去買比較好？」

「買什麼？」

「電吉他啊。」

之前和他約定，等他考完試，要送他一把電吉他，作為聖誕節禮物和新年的壓歲錢，再加上一月的生日禮物。我問他成績如何，他回答說應該不錯。原來如此，既然之前就答應他了，那就出門去買吧。

於是我們開車去了巴士底附近的「Paul Beuscher樂器行」。這種事，他都會及時提醒我。

「爸爸，你為什麼會彈吉他？」

開車去樂器行的途中，我們聊了很多關於人生的話題。

「因為可以放空。每次彈吉他，心情就會平靜下來。吉他不會背叛我，吉他從來不曾背叛過爸爸。我彈吉他不是為了金錢或是出名，是因為在彈吉他唱歌時最幸福，你應該能夠理解吧？」

「因為這是你的工作吧？」

「不，爸爸並不認為彈吉他是工作，純粹是因為喜歡音樂，喜歡吉他。」

「所以你的正職是作家嗎？」

「我也不太清楚，雖然是我的工作，但不知道算不算是我的職業，這個問題很微妙。爸爸從來沒有去公司上過班，也從來沒有名片，更從來沒有領過薪水。以前音樂和小說是我的工作，但目前這個時代，無論書還是CD都無法大賣，但是，我也不想斷言，音樂和小說是我的工作，只不過因為必須養你，所以偶爾也會接一些為錢而做的工作。我相信大家都一樣，我對於這些工作樂在其中，而且也是理所當然的事，只不過……」

「只不過？」

「我喜歡彈吉他，吉他不會背叛我。」

兒子露出了微笑。

我為無法向兒子說明自己的職業感到羞愧，我只是一直、一直做自己認為對的事。無論是否暢銷，都是憑自己的意志默默彈吉他和寫小說。曾經有一位編輯對我說：「辻先生，你要不要放棄音樂？以作家身分持續推出暢銷作品。」這已經是二十年前的事了，但我至今仍然無法忘記。真搞不懂那個編輯憑什麼對我大放厥詞，但是我沒有把這件事告訴兒子。

來到樂器行後，我和兒子一起挑選吉他。我很珍惜這樣的時光，簡直太美好了。樂器行內，來自世界各地的吉他琳琅滿目，我挑中了一把「Ibanez」這個日本品牌的吉他，連上音箱後，在兒子面前彈了一下。音質很美。

「這把呢？我覺得這把不錯，你覺得呢？」

「嗯，我也覺得這把不錯。可以嗎？你要買這把送我嗎？」

我把吉他交給兒子，要他自己彈看看。兒子坐到椅子上，彈著電吉他。雖然技巧很差，但很有味道。他露出幸福的表情，我也因此感到幸福。這件事和生意無關，也和他功課好壞沒有關係，而是音樂。音樂把我們連在一起。就只是這樣而已。

「就買這把。」

「嗯，謝謝。」

我們在回家的路上，走進附近的一家以色列餐廳，吃了油炸鷹嘴豆餅。

「爸爸，你在什麼時候感到最幸福？」
「當然是彈吉他的時候。」
「為什麼？」
「因為我喜歡。」

兩個人的平安夜

十二月某日。不知道這是我們父子相依為命以來的第幾個平安夜，今年我們在討論之後，決定不再大費周章地為聖誕節布置。

「我已經是高中生，不需要再忙這種事了，謝謝爸爸之前都這麼用心布置。」兒子這麼對我說。

原本打算出門旅行，但法國國鐵的罷工將持續到新年過後，聽說一月九日還有大規模的遊行示威。罷工到底要持續到什麼時候呢？因為TGV停駛，所以我們只能留在家裡。兒子的同學、瑪儂和尼古拉都不會來家裡玩，所以平安夜就只有我們父子兩個人。

既然有所謂「睡過年」的說法，也就是整個過年期間哪裡都不去，悠然地在家吃飽睡，睡飽吃，那我們也可以來個「睡聖誕」。但不免還是覺得有點冷清，於是決定熱鬧一下。首先，必須出門去買蛋糕和晚餐。法國的聖誕節和日本的過年差不多，明天之後，所有的商店都不營業，如果不預先買好食物，年底之前就得勒緊褲帶了。

法國的聖誕節蛋糕稱為「聖誕樹幹蛋糕（Bûche de Noël）」，是很大的魚板形狀蛋糕，價格不便宜，好像要五千圓左右。因為很多人搶著預訂，所以每家蛋糕店都會事先做好後冷凍起來。我去了四家蛋糕店，終於找到了大小適中，看起來好吃的蛋糕。接著，我又去了肉鋪。因為懶得自己動手備料，於是就請已經混熟的肉鋪老闆幫我張羅有聖誕節味的肉類。他向我擠眉弄眼說：「我現在很忙，中午過後再過來，我會幫你處理。」

我先回家一趟，傍晚再次出門拿肉。老闆羅傑遞給我一隻肚子裡塞了很多好料的珍珠雞。聽說這個老闆也會出入首相官邸。那隻珍珠雞很大，老闆取出內臟後，塞了各種填料進去。雖然我們父子兩個人根本吃不完，但法國人都習慣在聖誕節吃這種沒辦法當天就吃完的菜餚，有點像日本的新年料理。我在買回家時想，如果吃不完，隔天再淋上咖哩醬，又是一道新的菜。

回到家之後，把處理好的珍珠雞、紅蔥頭、栗子、馬鈴薯、香草（百里香和月桂葉）放進了烤盤。因為老闆把雞脖子肉和雞胗、雞肝也一起給了我，所以隔一段時間後，也一起把它們丟進了烤箱。雖然雞脖子看起來很可怕，外形像水龍頭，而且裡面有骨頭，無法直接吃，但其實就是日本的串燒店裡大家都說好吃的「雞首肉」。我把肉從骨頭上剔下來時，思考著串燒店費了多大的工夫，才有辦法整理出串燒用的「雞首肉」。

兒子拿了Marshall的音響過來，放在烤箱前。

「感覺很沉悶，要不要聽音樂？」

他播放了一首法國歌手唱的聖誕歌曲。

晚上八點。布置好餐桌後，我們開始吃平安夜晚餐。雖然和平時沒什麼不同，但用了比較好的餐盤，又拿出了燭台，打造出聖誕氣氛，然後把烤了一個半小時的珍珠雞放在餐桌正中央。

「這麼大一隻雞，怎麼吃得完？」兒子冷笑著說。

「今天是聖誕節，你以後會和法國人結婚，全家人不是會一起慶祝聖誕節嗎？如果不累積一下這種經驗，到時候就會無法適應的。」

兒子再次用鼻子發出冷笑說：

「我未必會和法國人結婚，可能會和亞洲人結婚，也可能和非洲人結婚。」

他最近都沒有聊起艾琳娜，還是不要多問為妙。人生很長，他只是高中生。

「雖然是這樣，但和法國人結婚的可能性不是很高嗎？你受邀去法國人家裡時，不是最好知道法國人過聖誕節的方式嗎？爸爸不想讓你到時候出糗。廢話少說，趕快吃吧。」

我切開雞肉，拿給兒子。兒子默默吃了起來。我在酒杯裡倒了葡萄酒，對著天空乾杯。反正船到橋頭自然直。沒錯，這裡就是「船到橋頭自然直」的國家，凡事並不像日本那麼嚴格，所以才會經常有遊行示威和罷工。如果在日本，鐵路和公車停駛這麼長時間，整個國家都會停擺。法國所有的鐵路和公車已經停駛三個星期，聽說無法去上班的受雇階級會被扣薪水。目前已經罷工了三個星期，而且很可能持續到明年，有辦法繼續撐下去嗎？

「爸爸。」

「怎麼了？」

「這個很好吃。」

「可惜不是爸爸做的，是肉鋪的羅傑做的。」

「我覺得這就是法國的味道，我為什麼會在法國出生啊？」

「問題就在這裡。你喜歡法國嗎？」

「喜歡啊，我覺得這是一個好國家。」

「太好了。因為對你來說，這裡是出生的故鄉，如果你喜歡當然再好不過。」

「嗯，雖然很複雜，但這也沒辦法，因為人不能選擇自己在哪裡出生。」

人的確無法選擇自己出生的地方。沒錯，我完全同意他的看法。我像喝水一樣喝著眼前的葡萄酒。這樣的生活不知道會持續到什麼時候，也不知道這傢伙以後會和誰結婚。

「人應該可以選擇自己死在哪裡，你可以選擇自己喜歡的地方。」

兒子點著頭，把珍珠雞放進嘴裡。他吃得津津有味。

「爸爸呢？」

「爸爸也一樣，地球很大，我可還沒有放棄我的人生。」

兒子帶著又紅又腫的雙眼當導遊

十二月某日。兒子這幾天在當導遊，這是相當罕見的事。兒子一直把我的表妹美奈視為母親，這次他為美奈一行人當了三天導遊。平時也許是因為怕生，他甚至不太和別人打招呼，但這三天竟然主動要求擔任導遊。

他首先帶美奈他們去參觀了自己就讀的高中，然後還去遊塞納河、香榭麗舍大道，甚至陪他們去百貨公司、超市購物，在聖日耳曼德佩區散步，晚上還登上了艾菲爾鐵塔。巴黎的高中生愛搞怪，會以從來沒有登上艾菲爾鐵塔為傲。巴黎的年輕人都討厭觀光景點，但兒子為了自己最愛的姑姑打破了這些規矩。雖然起初他說「我不去」，但隨著離別的日子將近，他突然提出「我和你們一起上去」。

在我成為單親爸爸不久的時候，美奈是兒子的精神支柱。兒子平時很酷，但看到他努力帶著美奈一行人參觀巴黎的身影，覺得他其實是個有情有義的人。

五年前，美奈曾經打電話給我說：「阿仁，那孩子突然哭了。」他們一起在超市買菜時，兒子突然大聲叫美奈「媽媽」。那時兒子不知道想讓美奈看什麼東西，對正在遠處的美奈揮手，脫口叫了「媽媽！」瞬間的錯愕讓他崩潰了。兒子向來不流淚，但當時卻放聲大哭。

我從來沒有看過兒子在我面前哭，所以得知這件事，也一時說不出話來。經過那次之後，兒子每年回日本，都會住在美奈家中，在美奈一家人的陪伴下，充分享受日本的夏天。小學生、中學生，如今已經是高中生了。我隱約可以察覺到他想帶美奈看自己就讀高中的原因，我對他們說：「去參觀學校也太無聊了。」美奈立刻打斷了我：「我想看。」事後我才想到這件事，忍不住反省，覺得自己說錯話了。

美奈在醫院上班，這次來巴黎旅行只能停留短暫的三天，但是多虧優秀的導遊在法國歷史上最長的罷工行動中帶他們參觀巴黎，所以這三天的行程很充實。最後一晚，我們在艾菲爾鐵塔附近的一家咖啡廳吃晚餐，吃完飯後，我獨自先回家，他們和優秀的導遊一起登上了閃亮亮的艾菲爾鐵塔。深夜十二點，美奈傳了照片給我。

她傳了一張巴黎萬里無雲的晴朗夜景照，還附了一句話——

「我們正在塔頂！」

二〇一九年年底，兒子終於登上了艾菲爾鐵塔。他花了十五年又十一個月，才終於登上艾菲爾鐵塔。兩個星期後，他就滿十六歲了。他長大了。衷心感謝我的家族成員。

2020

兒子十六歲

兒子十六歲生日，身爲父親的所思所想

一月某日。老實說，日常生活中很少有巨大的變化。即使今天是兒子的第十六次生日……我們每天都這樣一起生活，日常就是日復一日，重複相同的生活。今天也像往常一樣，兒子早晨七點起床。他在自己房間內做出門的準備時，我走去他房間，交給他一張「兌換券」。

「生日快樂！」

兒子接過去之後，從袋子裡拿出一張卡。

「這是生日禮物兌換券，有效期只到今天，你好好思考一下想要什麼禮物。只要在一百歐元以內，無論你要什麼，我都買給你，當作生日禮物。」

兒子笑了。我拍了拍兒子的肩膀，送他出門。

從我們父子開始相依為命那天至今，他從來不曾提起只有我們兩個人一起生活這件事，所以我也從來不提，兩個人在巴黎日復一日地靜靜生活。從某種意義上來說，我們父子很正常也很頑強地一起生活到了今天。兒子那些同學的父母也都很關照他，所以他才能茁壯成長。附近中國餐廳的老闆和老闆娘，就像是他的叔叔、阿姨，有時候推特上的追蹤者也向我提供一些中肯的建議。比起兒子，我從中獲益良多，因為這些人的協助，讓我在很想放棄的家事和育兒工作之中，依然堅持了下來。住在日本的親朋好友也經常鼓勵我，雖然起初曾經受到誹謗中傷，但我向來不在意這種事，而且這些流言蜚語無法影響到住在法國的兒子，所以我根本不曾理會，何況我沒有時間、沒有餘裕，更沒有閒工夫去在意這些。這就是日常。

尼古拉的爸爸和媽媽同時打電話給我。

「是不是今天？如果方便的話，我們打算一家四口去和你們一起慶祝，可以嗎？」

「當然可以，當然方便。」我回答說。

只有我一個人為兒子慶生太冷清了，我竭誠歡迎他們一起來。兒子就是在這些非親非故的朋友支持下，一天天長大。相信兒子應該也有話要說，有話要對我這個父親，對這個世界說……但是，他什麼都沒說。我能夠為兒子做什麼？一路走來，我都不時在思考這個問題，靜靜守護兒子的成長。不過，能夠像這樣為他慶生，不就是最幸福的事嗎？

晚上，尼古拉衝了進門，手上拿著小小的禮物，瑪儂一臉神氣地站在尼古拉身旁。他們的父母也很快走了進來，一看到兒子，便用如同悅耳歌聲般的聲音齊聲說：「生日快樂。」我為大家準備了南蠻雞、焗烤櫛瓜、通心麵等日式西洋料理，然後一起用果汁乾杯，慶祝兒子十六歲生日。

但是，兒子似乎不太高興，反而冷眼看著一臉幸福的尼古拉。尼古拉用孩子氣的聲音喊著「爸爸」、「媽媽」，難得頻頻向他的父母撒嬌，完全就是一個小孩子。我有點擔心，不知道兒子帶著怎樣的心情看待尼古拉，但是，兒子已經長大了，他表現得像個大人，沒有讓特地來為他慶生的人失望。嗯，這也是無可奈何的事，所以我也沒有特別提起這件事，當作沒有察覺到一樣，避免刺激兒子。我在自己做的生日蛋糕上插好蠟燭，唱著歌，把蛋糕端到眾人中間。尼古拉拍著手，大聲唱起了歌。尼古拉的父母雖然曾經發生糾紛，但也微笑著為兒子慶生，瑪儂也在不遠處擺出一副酷樣拍著手。總之，兒子十六歲了，是一件可喜可賀的事。

尼古拉一家人離開後，兒子把「兌換券」遞到我面前。

「你要買什麼？」

「我想要耳機，專業人士用的那種耳機，雖然稍微超過一百歐元，可以嗎？」

我點了點頭。雖然無意用禮物收買他，但這是一年一次的生日，當然希望可以送他真正想要的禮物。只要兒子感到幸福，我也覺得幸福。身為父親，我由衷希望有朝一日，他能夠發自內心歡笑。相信在他能夠自食其力，建立自己的家庭時，可以看到他這樣的笑容。十六歲了，恭喜你。爸爸希望你迎接精采的一年。

見到久違的兒子，超安心的一天

二月某日。我回到了巴黎。雖然這次在日本並沒有住很久，但因為受到新冠疫情的影響，再加上我準備回法國前，發現脖子後方有一個硬塊，於是立刻去了醫院，請醫生開立抗生素（如果硬塊仍然沒有消失，就要在巴黎動手術）。因為天氣惡劣，所以班機延誤了十六個小時，抵達巴黎時，整個人只剩半條命。我傳了訊息給兒子求救，身強力壯的兒子在家門口等我，拎起重達三十公斤的行李箱搬進房間。啊，真是「有兒萬事足」。

我在床上倒頭就睡，傍晚醒來，走進廚房想張羅一些簡單的食物果腹，兒子走了進來，在廚房的圓椅上坐下，沒有離開。我問他怎麼了？他問我要吃什麼。我回答說：「好吃的東西。」我煮了飯，在冰箱裡翻找了一下，決定來做簡單的燉菜。冷凍庫裡有雞肉，蔬菜室有胡蘿蔔、蘿蔔和蓮藕，還有蘿蔔乾和乾香菇。蘿蔔已經不太新鮮，但還能吃。我是那種覺得出門去餐廳吃飯，反而會比較累的人，於是動作俐落地用雞肉和蔬菜做了筑前煮，和蘿蔔乾的燉菜。喔，冷凍庫角落挖出了三塊炸豬排，所以我決定也一起炸來吃。

我在下廚時，兒子一直在廚房沒有離開半步。咦？真難得啊，他平時甚至不會靠近廚房。我問他怎麼了？兒子回答說，沒事。然後他又問我，是不是從以前就開始煮飯。

「對啊，因為自己會下廚，人生的樂趣就會多出一倍，你最好也學一下怎麼做菜。咦？你今天不是要和威廉、托馬三個人一起張羅餐廳嗎？」

「喔，那個啊，改到星期四了。因為我看你很累，所以就改約星期四了。」

「謝謝，如果你今天出門，我恐怕真的連半條命都不剩了。」

「我就知道，對不起。」

「餐廳的菜單搞定了嗎？」

「搞定了，我們決定採用自助餐的方式。」

我們一起吃了飯，討論了一名叫艾維奇的美國歌手自殺的事。我忍不住嘀咕，他為什麼選擇死亡？兒子說，死不是重點，活著才是。

晚餐後，我在書房寫小說，兒子又走了進來，坐在我後方的沙發上。咦？他竟然走進我的書房，真是太難得了。我問他怎麼了，他說沒事。

「爸爸，你要喝什麼嗎？要不要我幫你倒咖啡？」

這時，我才終於察覺一件事。他該不會是有點寂寞？因為這陣子他都一個人在家，所以很寂寞。我忍不住露出滿面笑容。原來也會有這種時候。於是放下了工作，準備和他聊一聊。

兒子躺在沙發上滑手機。我拿起吉他彈了起來。

「我想寫一首法文歌曲，在下個月的Live演唱會上表演。我已經作完曲了，你幫我用法文寫歌詞。」

我提出這個要求，沒想到太陽從西邊出來，他竟然答應了。兒子從沙發坐了起來，仔細聽著旋律。平時遇到這種情況，他都會說「不要」，然後就走出書房。可見他真的太寂寞了……

最後，終於完成了新的歌曲。遇到這種情況，音樂就很方便，完全不需要多說一句廢話。意外度過了一個愉快的夜晚。即使我是這樣的父親，也有存在的意義，所以我也不由得高興起來。兒子寫的歌詞如下。

Dans la vie

人生過程中，

Y'a toujours des moments tristes
每個人都有悲傷的時候。
Pas toujours qu'on réussi
人生本來就不可能一帆風順，
C'est la vie c'est pas la vie et alors c'est ta vie
因為這就是人生，不，人生才不是這樣，但這就是你的人生。

和站在人生十字路口的兒子談肉包

二月某日。我和兒子一起沾著芥末醋醬油，吃手工製作的肉包。

「好吃。」兒子說。

「我就說吧。」我對他說，「手工製作的最棒了，根本天下無敵，如果你想得到最棒的東西，就要做和別人不同的事。」

兒子點了點頭。

「你要和我談什麼事？」

「這個假期結束後，就必須決定未來的方向。簡單地說，就是必須決定學程。但是，一旦做了決定，未來就會因此受到了限制，無法再改變，未來的路也就這樣大致決定了。我煩惱的是要繼續讀數學，還是乾脆放棄數學。」

「如果是爸爸，一定會放棄，因為爸爸對數字過敏。」

「我知道，每次你在收銀台算錢時，都會扳手指。」

「你不要哪壺不開提哪壺，但你的數學成績不是不錯嗎？考慮到將來，如果數學不好，在許多方面都會吃虧。」

「很多人都這麼說，但明年之後，數學就會變得非常難。」

「比現在更難嗎？那爸爸就直接放棄了。」

「如果以後想當工程師，繼續學數學當然沒問題，但我們學校數學很強，我只能勉強跟上進度，如果不花上一整天讀數學，就會跟不上，這樣一來，就沒辦法學我真正想學的東西。」

「所以你未來想做什麼？想從事哪方面的工作？」

「爸爸，如果我知道，就不會問你了啊。正是因為還沒有決定將來要做什麼，但現在就要決定學程，所以我才會這麼煩惱啊。」

「你可以只學你想學的，只要是自己喜歡的，就能夠堅持下去。」

「嗯，我也是這麼想，所以我目前挑中了兩個，一個是生物、政治和經濟的學程，另一個是政治、數學和哲學的學程。」

「有哲學的那個學程不是比較好嗎？你不是喜歡哲學嗎？而且這個學程中也有數學，所以也可以銜接得上，這兩個學程好像都有政治，還有其他學程嗎？」

「嗯。」兒子說完，吃著肉包子。不知道是否因為芥末太辣，他咳嗽了起來。

「我想學法律和政治。」

「你以後想當律師嗎？你該不會想成為政治家？」

「怎麼可能？但是，我對環境問題相關的工作很有興趣。」

我急忙把肉包子吞了下去後，看著兒子說：

「你想成為有錢人？還是沒錢也沒關係？到底想成為哪一種人？」

「有錢總比沒錢好。」

「無論是法國還是日本，接下來的經濟形勢恐怕都會很嚴峻。如果只讀政治和法律，能夠從事的工作有限。你是日本人，比一般法國人更難找工作。法國是階級社會，所以你要更用功讀書。許多同學家境都很好，有很多人脈，也認識不少企業，但是你只有爸爸這個親人，而且爸爸又是這副德性，所以你必須靠實力取勝。如果爸爸有什麼三長兩短，在這個國家，就沒有人罩你了。即使想要回日本，你出生的故鄉是法國，第一語言是法文，所以對你來說，在法語圈找工作比較有利。你也可以從大學開始去英國等英語國家學習外語，總之，語言有很大的影響力，而且還必須在這個基礎上，掌握專業技術，無論要當工程師、醫生還是經濟學家都一樣，既然你還沒有決定未來要做什麼，不妨選擇有利於轉行的學程，讓自己的人生有緩衝的時間，盡可能趕快決定未來的目標，然後再轉換跑道。只要你繼續學數學，日後想要走哪一條路都沒問題。爸爸的建議就只有這兩點。」

「兩點？」

「就是一定要選數學。」

「另一點呢？」

「這個世界上沒有任何東西能夠勝過手工肉包。」

兒子笑了，對我說：「我知道了，謝謝。」

然後拿起剩下的最後一個肉包子。

好好記住這個味道。

和兒子兩個人一起流著淚告別愛車

二月某日。兒子出生那一年買的車（暱稱為史黛芬妮）出現了故障，修理費要一百萬圓左右，於是決定放棄修理，乾脆買一輛新車。愛車的朋友告訴我，最近法國不流行「買新車」，而是流行「租新車」。這幾年，法國人幾乎都用租車的方式，買新車的人驟減。

史黛芬妮從兒子出生之後，就一直是辻家的「好幫手」，兒子簡直就像是在後座的安全座椅上長大的。我至今仍然記得，坐在安全座椅上咬著奶嘴的那個小娃娃。因為他都會踢副駕駛座，所以座椅後方有一塊特別髒。當他慢慢長大，打算把安全座椅丟掉時，他也吵著說「不要、不要」，繼續坐在安全座椅上。在我成為單親爸爸後，史黛芬妮曾經代替憔悴的我，在接送兒子時大顯身手。

從兒子十歲左右開始，一直到最近，我們都開著這輛車去旅行。這輛車曾經駛過大江南北，東至德國，南至地中海，西至西班牙，北至英國海峽的海岸線。光是在法國國內，就去了史特拉斯堡、里爾、南特、波爾多、塞特、馬賽、亞維農、里昂、多維爾，幾乎走遍了法國所有的城市。兒子如今是高中二年級學生，這輛車一路陪伴兒子長大。我們稱她為史黛芬妮（因為法文中的車子是陰性名詞）。

「爸爸，史黛芬妮是我們的家人，所以要開到她報廢為止。」

兒子一直這麼說，我也有這個打算，只不過史黛芬妮已經鞠躬盡瘁了。我和車行討論後，決定轉賣給車行。雖然車行通常不會收購車齡這麼老的車子，但因為我很愛惜這輛車，所以車行主動提出願意收購。這是難得一見的事，我用賣車的錢作為頭期款，租了一輛相當於史黛芬妮女兒的車。我租用的是那個車廠所有車款中最小型的車（事後我才知道，這是在租用之後，必須買下來的租用方式）。

「因為我們只有兩個人，在巴黎市區方便停車、富有機動力的小型車就夠了。」車子只要舒適、能夠安全行駛就好。我想要的車子最重要是省油、少故障，安全性強，富有機動力，即使狹小的地方，也可以輕鬆停車。

今天，我和兒子一起去車行看新車。雖然新車的外型和史黛芬妮一模一樣，但比史黛芬妮小了一號。

新車完美無缺，於是我簽了字，接過了鑰匙。

「請問史黛芬妮在哪裡？」

兒子問車行小哥。車行小哥說，車子放在地下室，兒子說，想見她最後一面。我和兒子一起去了地下室的車庫，史黛芬妮停在最深的暗處，我們都一時說不出話。

史黛芬妮好像一下子老了許多，而且看起來很寂寞。車行小哥想要打開車子，但電池耗光了，門打不開。我眼眶發熱，這十六年來的車窗風景從我的腦海閃過。我熱切地告訴車行先生，我有多麼愛這輛車。兒子在一旁默默聽著。

車行小哥對我說：「先生，很少有人像你這麼愛一輛車，我聽了很感動。」

兒子抱著史黛芬妮的引擎蓋，我拍下了這一幕。

史黛芬妮，謝謝妳。真的很感謝妳。

我們為新車取了「安妮」這個名字，然後試開上路。

我可以清楚感受到十六年前的車子和現在的不同。安妮比史黛芬妮小，所以在巴黎市區移動很方便。我們去了巴士底的樂器行，把車子停在孚日廣場附近的路旁，用行動支付繳了停車費。當我們在樂器行買完東西回來後，發現擋風玻璃上貼了違規停車的罰單，罰款三十五歐元。明明已經付了停車費。我拿起罰單鑽研了起來，兒子說：「這個號碼有點奇怪，和剛才在車行時確認的行車執照號碼不一樣，和保險公司交涉時的號碼也不一樣。」

我慌忙拿出嶄新的行車執照確認。沒錯，號碼不一樣！兒子走去看車牌，然後大聲叫了起來：「爸爸，真是太扯了！」我慌忙跑去兒子身旁，發現車牌號碼竟然不一樣！竟然有這種事！我們忍不住笑了起來。這種事真的很法國。

總之，我和兒子的父子之旅將會繼續。

安妮，接下來的三年請多關照。

父與子的餃子餐，或是心靈調音

三月某日。兒子低血壓，早上和他說話時，幾乎不會有反應。他當然是個乖巧的孩子，想必都在心裡對我說「早安」吧……即使是晚餐時間，如果是非假日，和他說話時，他也不會馬上回答。吃飯的時候，我問他今天怎麼樣，他只是「嗯」一聲而已。這並不是因為他正值叛逆期，我猜想他只是累了，而且目前剛好沒有什麼想要和我討論的話題，所以我就不再繼續追問。吃完飯時，兒子會說「我吃飽了」，然後收拾自己的碗筷，回到房間。對一個十六歲的孩子來說，這是很正常的行為。

但是，到了週末，情況就完全不一樣了。也許是因為不需要上學，心情比較輕鬆的關係，他比平時更多話。不知不覺中，星期六的午餐成為辻家父子交流的時間。為了讓兒子方便和我聊心事，我做了他愛吃的餃子。今天的午餐是餃子餐，我做了一百個餃子，讓他可以盡情和我聊天。

我們一起吃著餃子，在餃子吃完之前，聊了各式各樣的事。我們一起看著魁北克老爺爺主廚的YouTube節目，從下廚的重要性，一直聊到生命的可貴。他昨天上生物課時，去參觀了農場，得知牛養到五歲之前，就會被送去屠宰場，於是我指導他使用菜刀和切肉的方法，也就是教導他充分珍惜動物生命的重要性。他說威廉很會做菜，他也希望能夠精進自己的廚藝。我告訴他，只要對生命充滿感謝，珍惜家人，廚藝自然就會進步。

兒子一臉寂寞地告訴我，威廉會在今年秋天去不同的學校。我對他說，一旦有了目標，根據自己的人生方向，轉學到不同的學校是理所當然的事，但因為你還沒有目標，所以繼續讀目前的學校不是很好嗎？兒子口沫橫飛地談論他的未來，我吃著餃子，默默聽他說話。

他談到未來的人生規劃，然後聊到過去、現在與未來的時間發展，漸漸偏離了原本的主題。我和他分享了對於時間這個概念的看法，兒子面帶微笑說，他大致能夠瞭解，還自以為是地說什麼威廉活在未來，伊旺對過去太執著，他的過去和未來都在現在。我告訴他，時間是一種和解。因為「和解」這個日文單字有點難，於是我們中斷了談話，兒子用手機的Google翻譯查了一下，查到和解的法文是「Reconciliation」。雖然我們是父子，但交談的途中，有時候也需要翻譯機，但最後總是能一瞬間跨越語言的隔閡，瞭解彼此的想法，實在非常神奇。也許也因為我們是父子的關係。

我們又從「和解」這個單字聊到二十一世紀的世界。兒子小聲嘀咕說，他對世界的現狀感到厭煩。接著，我們又聊了經濟和政治的話題，除了日本和法國以外，還討論了歐洲、亞洲和美國發生什麼事。這種討論當然沒有答案。我只是告訴他，即使是沒有共識的討論，持續談論仍然很重要。每個人的思想、主義、原則和意識形態都不相同，不要隨便否定對方的人格，那種不分青紅皂白的法西斯主義很不可取。兒子說，他很清楚這件事。這時，餐盤內還剩下最後一個水餃，我欣然讓給了兒子。

「爸爸，你可不可以教我調吉他？」

兒子問我，我在洗好碗之後，去了他的房間，指導他吉他調音的方式。那是我持續了好幾十年的方法。

我告訴他，沒有調過音的吉他會有雜音，聽起來很不舒服。這個世界目前最重要的就是協調。

和兒子一起閉關的疫情生活。五個星期大作戰

三月某日。天氣超級晴朗的週日，這是全法國的餐廳、咖啡店和娛樂設施都關閉的第一天，但是，外出的人很多，不少小孩和父母一起到戶外騎腳踏車。因為法國目前並沒有像義大利那樣封城，限制民眾外出，大家都外出享受陽光。

我和兒子討論之後，決定也來做點什麼事。決定接下來的這五個星期，我們要每天一起準備午餐。

不錯，不錯，越是這種時候，越要做一些開心的事。我們父子都很正向。

於是兩人開始討論要吃什麼。第一餐決定滿足兒子的要求，做「比咖啡店更好吃的漢堡」。爸比舉雙手贊成。

星期天上午，超市通常都會營業。昨天法國政府宣布疫情相關規定時，也要求攸關生命安全的商店要繼續營業，所以我還去察看，不知道是否真的如此。在日本也有展店的有機超市Bio c'Bon、家樂福、MONOPRIX都依然營業，聽說歌劇院區的日本食材店仍照常營業。

原本以為超市會擠滿搶購物資的民眾，沒想到走去一看，並沒有太多人，和平時星期日的超市差不多。我驚訝地發現貨架上放滿了肉品、蔬菜和火腿等食材，不知道超市什麼時候進貨的，因為昨天下午時，貨架上的食物全都空了……這或許就是所謂「企業的努力」吧。總之，我買了做漢堡所需要的生食級牛絞肉（可惜法國沒有賣雞肉或是豬肉的絞肉）、起司、義式香腸、蔬食（可生食的菠菜）、冷凍的薯條，喔，還有漢堡的圓麵包。

「先生，你午餐要吃漢堡吧。」收銀台的一位熟識的年輕人說。

「因為政府宣布餐廳和咖啡店都要暫停營業，接下來的五個星期，我都要為兒子準備午餐。」

不久之前，這個年輕人開了一個有點傷人的玩笑——「因為你們亞洲人會來這裡，所以我必須戴上手套。」他今天也戴著手套，而且手套已經很髒了。是時候該換了吧。

「謝謝你戴手套，真是太貼心了，讓我在這個時期可以避免和法國人接觸。」我也用這個笑話回敬了他，年輕人放聲大笑說：「先生，算你狠！」

法國人的漢堡只是把切成漢堡大小的肉煎至五分熟後，夾在圓麵包內吃而已，但這種漢堡的技術門檻太低了，於是我決定先做類似日本的漢堡排，再夾進小圓麵包裡。因為煎的時候也同樣只要五分熟，所以我嚴格挑選了食材。首先，我用巴薩米克醋、番茄醬、章魚燒醬（因為只有這個）和胡椒鹽為牛絞肉調味，然後再加入蛋黃、炒軟的紅蔥頭代替洋蔥，沒有加麵包與牛奶，但加入少許希臘優格。用這種方式調味，就可以吃到「半生不熟」的口感。將漢堡排的表面快速煎一下，裡面還是生的狀態（煎完單面後，翻面的同時，再把起司放上去，靠漢堡排的溫度融化起司），接著夾進圓麵包裡就大功告成了。

我交給兒子裝盤。看起來挺好吃的。用烤箱把麵包表面烤得脆脆的，口感多汁鮮美。然後父子兩人拿著餐盤，雀躍地走去飯廳開始大口試吃。

「你也要記得寫功課。」

「爸爸，雖然學校停課，但學校每天都會用電子郵件寄作業過來，而且也要和老師視訊。每天都有很多功課要寫。先說一聲，我根本沒時間玩樂。」

「但我聽到你房間一大早就傳出很歡樂的音樂。」

「那是為了轉換心情啊。我的房間很暗而且很亂，環境不太理想，所以要靠音樂製造開朗的氣氛，這樣不過分吧？」

「你可以先打掃房間，再寫功課，我不會有意見。」（父子兩人仍然雞同鴨講。）

「我不覺得學校停課是放假，我每天就像去學校上課一樣，在相同的時間坐在書桌前寫功課。」

「是嗎？那我就放心了。來，趕快吃吧。」

「嗯，太好吃了。」兒子咬了一口漢堡說。

我也模仿他，大口咬了起來。

「喔，也太好吃了！」

第一天很順利，但五個星期實在太久了。即使想這些也無濟於事。不妨作為可以和兒子一起創造美好回憶的機會，帶著開朗的心情面對每一天。這就是人生。

「晚上我要做麻婆豆腐，贊成的人請舉手。」

「贊成！」

我爲兒子的刺青哭了

三月某日。辻家展開了長達五週的停課生活，雖然並不是無法外出，但咖啡廳和商店都沒有營業，再加上這次停課的原因，所以無法輕易出門。雖然只過了一天，想到無法外出，就特別渴望出門，而且天氣又那麼好。我完全能夠體會義大利人的辛苦，這幾天聽到傳聞，說法國可能也要封城，禁止民眾外出。果真如此的話，大家的壓力值應該會到達臨界點，只不過這也是無可奈何的事……（確診人數一天增加了九百二十三人，確診總人數已經超過了五千四百人。）

傍晚，尼古拉和瑪儂打電話來家裡。瑪儂說，她壓力很大，快要發瘋了。接著尼古拉又對我說，他很想來我家玩，但大人不讓他出門。我只能溫柔地安慰他們說，暫時忍耐一下。話說回來，停課到四月二十日未免也太久了，如果再加上禁止外出的話……兒子倒是很悠哉地玩音樂作樂。他出生在網路時代，即使不出門，似乎也完全不會感到痛苦。他在十歲左右說了一句名言，「對我來說，網路就是原野」。他是這個世代的天才。

我們一起做了午餐吃完之後，他說要我聽聽他的音樂，於是我欣賞了他創作的嘻哈歌曲。那是我一輩子都不可能有能力創造出來的世界觀，他在這樣的世界玩音樂，可能真的不會覺得無聊。我對他說，很不錯啊。傍晚我在用吸塵器吸地時，去兒子房間一看，發現他在床上拉筋。

「你在幹什麼？」

「運動啊，否則身體會僵硬。我想要維持良好的狀態，隨時可以打排球比賽。」

咦？他的手臂上有什麼圖案……

「那是什麼？」

「喔，我閒來無事，畫了一個刺青圖案。」

「我告訴你，身體髮膚，受之父母，你不要在身上畫這種醜不拉幾的圖案，毀了自己一輩子。」我生氣地責備他。

「因為我很無聊嘛，而且只是玩玩而已，幹麼生這麼大的氣。」他也動怒了。

「而且畫的是我和你啊。」

「啊？」

我走過去仔細看了他的手臂。

「在我們父子兩人開始相依為命的時候，不是曾經一起去史特拉斯堡嗎？現在無法出門，我很懷念那段時光，所以就把你畫在手臂上，希望那段回憶不要消失。」

「……」

我慌忙回到自己房間，在刺青沒有消失之前拿手機拍下了照片。

「話說回來，你畫得實在太醜了。如果把這麼醜的刺青刺在身上，會被人恥笑一輩子。」我對兒子這麼說，他聽了之後，哈哈大笑起來。

「比較高的那個人是爸爸。我們曾經在那裡散步。」

「嗯，我記得很清楚，那時候你剛滿十歲。」

「嗯，爸爸，你放心，目前我並不想刺青。」

我們父子兩人開始生活至今，發生了很多事，但是做夢也沒有想到，全世界竟然會在這個時間點爆發新冠肺炎，法國也因為這場疫情的關係，學校停課五週。人生真的難以預測將來，但是一路走來，無論面對任何困難，我們父子都齊心協力克服了許多困難，所以一定也不會輸給新冠肺炎。我告訴自己，必須努力戰勝疫情。冰箱裡有快過期的肉和豆腐，於是我決定晚餐要做麻婆豆腐。

「日本和義大利一定也有像我們一樣努力對抗疫情的父子，所以爸爸，我們也要加油。」兒子對我說。

我已經很久沒有體會到，認真過好每一天是這麼重要的事。沒錯，大家都在努力對抗疫情。這麼一想，便覺得渾身充滿了力量。好，一定要戰勝這一切。

爸爸，今天你休息，換我做午餐吧

三月某日。法國全國封城進入第五天。我偶爾會外出購物，但兒子足不出戶。他看到至今仍然有年輕人外出，就會很憤怒地說：「法國這個國家要完蛋了。這些人自己不會變重症，所以覺得無所謂，但他們根本沒有為老人家著想。」他說的完全正確。

「爸爸，今天換我做午餐，你可以休息。」一早，兒子走到我面前這麼說。

「你要做什麼？要不要我去買食材？」

「不用，我看冰箱裡有哪些食材，有什麼就做什麼。」

呵呵，真是太厲害了。於是我們去看看冰箱裡有什麼。芥菜、豬肉片，一些韓國泡菜，還有雞蛋、洋蔥和青蔥。於是我這個父親向他提議：

「你覺得芥菜豬肉泡菜炒飯怎麼樣？」

「好喔，有納豆嗎？」

「冰箱裡還有一盒。」

「那來做納豆芥菜豬肉泡菜炒飯怎麼樣？」

「完美的決定。」

身為父親，很擔心他不小心切到手，或是開瓦斯時不小心把廚房燒了，於是就陪在一旁擔任監督兼指導的角色。我們把所有食材排成一排，在他下廚時，我會不經意地提醒他放油或是倒入醬油的時機，以免傷害他的自尊心。如果不常下廚，很容易手忙腳亂，所以我巧妙地把調味料放在他旁邊，無論他要不要使用，要聽取我的意見還是用自己的方式，都是他的自由。

「爸爸，我不想使用中式調味料，因為我希望調味簡單一點。」

「好，那有《dancyu》的植野總編之前送我的鹽昆布，你可以用來代替高湯。」

我從櫃子裡拿出鹽昆布，讓他吃了一小口嘗味道。鹽分和海洋的香氣絕佳。只要有一點這種配料，就可以為料理增色。

「啊，這個太讚了。那我要用這個，還要大蒜和生薑。」

「好，還有芝麻粉。」

雖然俗話說「愛子女就要讓他出門旅行」，但因為疫情的關係，無法出遊。不過人生掌握在自己手上，無論在哪裡，都可以活得快樂又有趣。不曾煮飯的人可以試著下廚，如果有爸爸們在看這篇文章，請務必試試廚房之旅。小小的廚房也可以是博大精深的世界。

先把大蒜拍碎，把生薑切末，用油爆香，加入洋蔥和青蔥炒至軟。這時，就小聲在兒子耳邊提醒。最好讓兒子全程掌廚，但如果加入食材的順序、火候或是調味出差錯，就會毀了一道好菜，所以我會不經意地指導，避免失敗。兒子做菜很有架勢，在他小時候，我就會教他拿菜刀的方法，但有時候得意忘形，則會不小心切到手，所以我每次都會叮嚀他「這裡要注意，那裡要小心」。

不同的家庭切洋蔥的方式天差地遠，我傳授了自己的方法。兒子以後會成家，爸比的廚藝將藉由兒子之手，成為他家庭的基本味道。這不是很美妙的事嗎？因為即使我死了，辻家的味道仍會繼續傳承下去。辻家的味道同時也是我母親的味道。

肉炒熟之後，再加入鹽昆布、納豆和泡菜，接著放點醬油、麻油和酒增加風味，最後用胡椒鹽收尾，加上半熟的荷包蛋就完成了。絕對不能忘記說：「幹得好！看起來很好吃。」然後把炒飯端上桌，先試吃一口。

真的很好吃。這是世界上最好吃的炒飯，真心不騙。

今天和兒子談政治，十六歲的兒子談論歐洲各國領導人

四月某日。今天晚上炸了雞翅，吃晚餐時，和兒子聊到歐洲的各國領導人。兒子說，他大學想讀政治或是法律。一名住在日本的法國特派員寫了批判馬克宏政權的報導，所以我們討論起這件事。那名特派員批判馬克宏政權朝令夕改，兒子一臉平靜地分析了起來。

「這是差不多一千年之前的故事。有一對像我們這樣的父子，在旅途中經過了一個村莊，爸爸騎在駱駝上，兒子牽著駱駝走，結果村民都說，這個父親太冷酷了，竟然讓兒子走路，自己坐在駱駝上。」

雞翅炸得很香脆，我啃著雞翅，默默聽兒子說話。

「當他們經過下一個村莊時，這次由爸爸拉著韁繩，讓兒子坐在駱駝上。結果那個村莊的村民怒氣沖沖地對那個兒子說，你年紀輕輕，不下來走路，竟然讓上了年紀的爸爸走路，簡直豈有此理。」

兒子也拿起雞翅吃了起來。我加了啤酒，咕嚕咕嚕喝了起來。

「來到下一個村莊時，父子兩人都沒有坐在駱駝上。可能駱駝也累了，於是他們一起牽著韁繩走路。結果那個村莊的村民嘲笑他們，第一次看到這麼笨的父子，有駱駝不坐，竟然自己走路。」

「原來如此。」

我嘴巴周圍油膩膩的，於是我拿面紙擦了擦嘴。

「這個故事告訴我們，每個人都說自己想說的話，我才活了十六年，所以不是很清楚，但目前台面上的政治人物，以前從來沒有遇到這種疫情。馬克宏政權的閣員都是四十多歲的年輕人，更不可能有這種經驗，所有政治人物都面臨了前所未有的難題。因為這是攸關生命的事，所以不能隨便做決定。在這種情況下，我認為總統已經盡力了，而且現在不是扯後腿的時候。」

我同意兒子的想法，所以又拿了一個雞翅。

「至少在義大利和西班牙，封城都逐漸出現了效果。法國目前的感染人數正衝向高峰，所以死亡人數也很驚人，但進入加護病房的病人數量已經獲得了控制，這不就意味著不久之後，死亡人數會減少嗎？」

我點了點頭。封城的成果的確逐漸顯現了。

「遇到這種危機的狀況，每個人都認為自己國家的領導人是笨蛋，雖然有些人確實大有問題，但這些人當初都是人民選出來的，所以不就相當於被自己選出的笨蛋教訓嗎？」

兒子用日文和法文表達了這些想法。辻家有時候會討論政治，因為他才十六歲，有些想法比較偏頗，但有時候會說出一些驚人的意見。駱駝的故事並不侷限於政治，說得很有道理，而且也很貼近目前的形勢。我忍不住露出了微笑。

「無論是馬克宏總統，還是菲力浦首相，或是德國的梅克爾，還是義大利的孔蒂，都在用自己強而有力的語言訴諸民眾，這一點值得肯定。每個國家的醫護人員都很生氣，醫院是這場戰役的最前線，政治人物和國民都必須支持醫護人員，但是無論在哪裡，都有反對勢力，所以領導人應該努力抓住反對勢力的心。」

梅克爾總理用真摯的語氣打動了民眾，支持率迅速攀升，重新回到了百分之六十四。

「我很慶幸在目前這個時間點，由這些人擔任歐洲各國的領導人。我面對這樣的生活，總是很想逃避，但他們每天都在全力面對問題。真正的領導人擁有自己的語言，和一顆溫柔的心，能夠為國民著想。現在扯後腿的人太丟臉了，如果這些領導人做得不好，下一次選舉時，選民就不會選他們。現在的首要任務，就是大家要團結一致，一起走完鋼索。爸爸，雞翅很好吃。」

「啊？喔，謝謝。」

提早一天的母親節，聽到我媽從一萬公里外傳來的聲音

五月某日。我以為今天是母親節（其實星期日才是母親節），於是提早一天，打

電話給正在福岡的母親。

「喂？啊，我是仁成。」

「咦？仁成嗎？你們那裡還好嗎？」

「嗯，我們一切都好。今天是母親節，所以我想對妳說聲謝謝。」

「喔，是啊，是母親節。其實不管是不是過節，只要聽到你的聲音就很高興了。謝謝你記得這件事。」

我媽也沒有發現，隔天才是母親節，但哪一天是母親節已經不重要了。

「媽，謝謝你這麼多年的照顧，我和兒子都很好。」

「是嗎？那就太好了，我之前很憂心。因為你們只有父子兩人，萬一發生什麼狀況該怎麼辦，我一直在為你們擔心。」

「是啊，所以我們都很小心，絕對不能確診。」

「要比別人加倍注意，這是為人父母的責任。」

「嗯，我知道，媽，妳也要小心，妳這麼健康長壽，如果不小心確診了，我們可能就無法見面了，所以千萬要小心。」

「福岡沒人確診，目前確診人數是零，你不必擔心，周圍完全沒有人確診。」

「因為病毒無孔不入，所以外出時一定要戴口罩，回到家也不要忘記洗手。」

「現在都由阿恆負責外出採買，我整天都在家裡閒著沒事，真是太感恩了，多虧有你們兄弟。」

這時，兒子走過來問：「是奶奶嗎？」於是我就把電話交給了他。

「奶奶，是我，妳身體還好嗎？」

「咦？原來是你啊，你最近好嗎？○▽□××○▽□」

兒子拿著手機走去自己的房間，所以我不知道他們聊了些什麼，但兒子房間不時傳來了陣陣笑聲。我媽很疼愛這個孫子，只要聽到他的聲音就很高興。我很好奇他們在聊什麼，於是就躡手躡腳走去偷聽。

「奶奶，我跟妳說，最近爸爸越來越像妳了。他越來越健忘，而且很囉嗦，又不聽我的話，就連說話的方式也越來越像妳。基因真的太強大了，母子太偉大了，所以我只要看到爸爸，就會想到奶奶。有時候和爸爸一起吃飯，會覺得爸爸就是奶奶，爸爸一直很擔心妳，希望妳不會確診。」

我聽到我媽豪爽的笑聲，兒子也笑了。

「爸爸可能再過一段時間，就會像奶奶一樣。因為小孩子都會越來越像父母，所以阿恆叔叔以後會越來越像奶奶，我也會變得更像爸爸，大家越來越有一家人的樣子。我這輩子都不會忘記奶奶，也會好好對待爸爸，我很珍惜家人之間的關係。我和爸爸經常合起雙手祈禱，希望福岡和日本平安無事。啊？我們都很好啊，爸爸很小心謹慎，所以我們絕對沒問題。奶奶，妳不用擔心我們，自己要多保重。因為現在沒辦法馬上飛回去看妳，希望妳長命百歲，等疫情平息之後，我一定會飛回去看妳，在我回日本之前，妳一定要保重身體。祝妳母親節快樂，我們都很感謝妳，那我把電話交還給爸爸。」

我慌忙跑回自己房間，然後兒子滿面笑容走進來對我說：

「奶奶很好，奶奶說話和你一模一樣，希望可以早一點回去見她。」

在我面前臉超臭的兒子的另一張臉

六月某日。也許所有的父母都一樣，我整天都在意兒子的反應，想要討好兒子，對兒子察言觀色，戰戰兢兢地和他一起生活。即使跟他說話，他也經常悶不吭聲，偶爾還會生氣地說：「我現在很忙，不能晚一點再說嗎？」他生氣也沒關係，把我當空氣也無所謂，但因為我們父子兩人相依為命，所以希望能夠維持家庭的和諧。

他有時候心情非常好，這種時候，我都會用日記寫下來，但不知道是否因為他早上低血壓的關係，總是會擺著一張臭臉。我可以明顯感受到他對我的嫌棄，所以經常覺得有些沮喪。他目前正在減肥，我因為擔心他的健康，就對他說：「你要不要至少有一餐吃點飯？」結果他很不耐煩地回我：「我已經說了一百次不要了。」

雖然我能夠理解，他的日子也不好過，只能在我這個父親面前耍任性，問題是他對朋友的態度完全不一樣，經常聽到他房間傳來輕聲細語的諂媚聲音，簡直就像奴隸，我又開始擔心這傢伙是不是有雙重人格。

「威廉、威廉、威廉，不要這樣嘛！不要對我這麼狠啦，我完了，我完蛋了，威廉！」他的聲音聽起來很開心。他們好像在玩遊戲，但和對我的態度簡直是一百八十度大轉變。

吃午餐時，我問他：「威廉嗎？你們關係很好，和他在一起開心嗎？」他依然悶不作聲，一個勁地低頭吃飯。好可怕。他吃完飯後，說了一句「我吃飽了」，整理好碗筷，就回到自己房間了。前後只有短短五分鐘。嗚嗚嗚，怎麼會這樣？是不是只能隨他去？

但是，在遇到人生的重大問題，或是有煩惱時，他就會走進我的書房問：「可以打擾一下嗎？」然後和我討論。這種時候，我就會格外高興，覺得他把我這個父親視為依靠，他需要我。

偶爾會希望平時也能像美國的家庭劇一樣，有開朗和樂的感覺。不，即使不和樂也沒關係，至少在我說話時要回應一下。難道是因為他在世界上，只能在我這個爸爸面前耍脾氣，所以我只能接受嗎？至少在兒子心目中，我是一個他在面前可以自由自在做自己的好爸爸，這樣雖不是太滿意，但也還可以接受？

最近，我開始學會「放生」他，只要他找我的時候，我再協助他就好。如果提出我們要建立良好的關係，他就會回敬我一張臭臉，所以我只在必要的時候開口，結果就變成只有對他說「飯煮好了」這句話。吃飯是我們父子建立感情的珍貴時間，在他年紀還小的時候，吃飯這件事曾經發揮了談話的作用。我之所以向來不用現成的食物餵飽他，就是因為用餐時光是我們父子建立感情的寶貴時刻。兒女的意義在於他們長大離巢後的樣子，而我的使命就是在他離巢之前好好守護他，對我而言，他把飯吃得精光，放在流理台內的圓形餐盤，就是我育兒成果的一大勳章。

在初期階段，失和、反彈和束縛的連鎖，成爲兒子和我之間的羈絆

六月某日。我經常使用「羈絆」這個字，這個字很日式，有一種訴諸感情的親切

溫度。英文和法文中也有類似的單字，但都沒有日本人所使用的「羈絆」這個單字的精神性那麼強烈。法文中的「le lien」幾乎相當於日文中的羈絆，但「le lien」這原本是指連結或是銜接的意思，也就是把兩件事物連在一起。

日文中的「羈絆」通常用於「家人的羈絆」、「夫妻的羈絆」或是「永遠的羈絆」，代表更深一層精神上的連結。「羈絆」這個字很溫暖，我經常使用，但其實羈絆原本的意思是「綁在馬腳上的繩子」，之後才加以引伸成「比喻束縛人們的情義和人情」，經過漫長的歲月，漸漸變成了正面的涵義。

從某天開始，我和兒子兩個人相依為命，在舉目無親的異國展開生活，嚴格說起來，就是開啟了相互束縛的關係。起初我和兒子之間的「羈絆」算是負面，但是我沒有急躁，而是把一切都交給時間。在每天的生活之中，慢慢為父子關係加溫，持續走到了現在。

四月底還在封城之際，電視製作公司的N先生和我接洽，「我想做一個在新冠疫情時代，藉由烏克麗麗與世界連結的節目」。我不彈烏克麗麗，於是介紹了住在法國的音樂人，然後就把這件事放到一旁了。在結束封城的那一天，又接到了N先生的邀約，問我「可不可以請你表演一段？」我說雖然我兒子會彈烏克麗麗，但我不會彈，便婉拒了對方。N先生再追問：「可不可以請你兒子一起上節目？」雖然想試試，只是心裡覺得兒子不可能同意。他和他爸爸不一樣，不喜歡引人注目。

兒子的個性害羞晚熟，也很沉默寡言，之前向來都會拒絕類似的邀約。吃晚餐時，我帶著會被拒絕的心理準備詢問他，有一個烏克麗麗的電視節目邀請他演出，不知道他是否有意願。結果他的回答完全出乎我意料，他說如果是烏克麗麗，他願意試一試。

那把烏克麗麗是我剛到巴黎時帶來的，是我三十多歲在夏威夷的檀香山，向一位高齡職人買的手工烏克麗麗。因為當時想著烏克麗麗優美的音色，或許能夠為我們在歐洲未知的生活帶來撫慰，於是就作為手提行李，帶著它遠渡重洋來到了法國，但我完全沒有練習彈半次烏克麗麗，一直原封不動放在盒子裡。上次搬家時，兒子才發現了這把烏克麗麗，然後彈了起來。他對我說，想借用這把琴，我當然二話不說答應了。

自從我們父子兩人一起生活，他開始認真地玩音樂。最初是節奏口技，最近則迷上了嘻哈，還和朋友一起組樂團，匿名在spotify上發表自己的樂曲，但他從來不曾找我幫忙，一直都靠自學。兒子不曾主動提出想去看我的演唱會，即使去了，也不會到後台，總覺得他對我的演唱活動抱持著有些對立的心態，好像是一種對我們單親父子關係無言的抵抗，或者對自己人生的不滿與反彈。我相信他或多或少對我有一點感激之情，但好像被夾在這兩種感情之間度日……可是他又把音樂視為自己的興趣。

他是個好孩子，但頑固又不服輸，我行我素，他經常說，不希望和父親走上一樣的路。正因為如此，我從來不會主動向他伸出援手。如果他要我教他什麼，我當然義不容辭。對了，我曾經教他彈和弦，但只有那一次而已。

如今，兒子房間內放滿了各種電子器材，有點像小型錄音室。除了電子琴、錄音設備，還有各種效果器，他整天都在創作樂曲。烏克麗麗就在這些電子樂器中，有時候會從他房間傳來烏克麗麗的優美聲音。他似乎是從YouTube上自學烏克麗麗，他經常彈的就是這首〈Fly me to the Moon〉。

他的聲音低沉而溫柔，唱歌比我更有味道。錄影的前一天，兩人在練習時，我邀他和我一起演唱，他拒絕了，但他依然陪我共同練習。我們父子之間總有一種尷尬的感覺。多年的歲月加深了彼此的某種羈絆。從負面意義的羈絆出發，慢慢走向正面的意義。

羈絆並非一開始就是羈絆。當我們開始兩人生活時，經常發生摩擦，父子關係也曾經瀕臨失和。他在某一天，突然必須面對這樣的境遇，想必內心感到悲傷和憤怒。他以前是一個開朗的孩子，那天之後，逐漸變得沉默寡言。但是，當年還是小學生的兒子，如今已成為了高中生，每年三百六十五個日子都和我這個不中用的爸爸一起生活。在這段漫長的歲月中，負面意義的羈絆漸漸和解、成長，變成了正面意義的羈絆。

正因為羈絆原來的意思是「相互束縛」，才能夠在漫長的歷史中變化成為「維繫、相互扶持」的意思。正因為曾經有負面意思的羈絆，才能夠誕生正面涵義的羈絆，父子之間的感情也更加深刻。錄影當天，在「預備、開始」的口令後開始的父子共演，就是我們之間的「羈絆」。

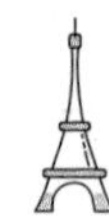

兩週的獨居生活，仁成，怎麼辦？

七月某日。我突然得知兒子要和他的朋友安娜、安娜的父母、安娜的姊妹，還有姊妹的朋友一起去比利時邊境附近的沿海村莊旅行，但我昨天才知道這件事，於是慌忙出門去買睡袋和伴手禮，然後把他的衣服、牙刷和寢具塞進行李箱。因為他們要在那裡共同生活兩個星期，雖然鄉村的新冠肺炎確診人數比較少，但法國封城剛結束，我有點煩惱，不知道該不該答應他前去。而且我雖然和安娜的母親通了電話，但不知道他們的家庭狀況如何，只是因為相信兒子的判斷而決定讓他出門，當然也不可能不擔心。

遇到這種情況，沒有可以一起討論的伴侶的確令人不安。雖然兒子做事很可靠，但他才十六歲，所以我身為父親，必須負起判斷的責任。最後，我認為安娜的母親西爾維亞是個謹慎的人，而且他們夫妻擔任教師多年，每年夏天都會帶小孩子去享受大自然。我想起其實我見過安娜，她是個開朗的孩子，猶豫再三之後，同意兒子和他們一起去旅行。

今年暑假，我們完全沒有安排去任何地方。雖然現在可以在歐盟內自由行動，但新冠肺炎疫情離結束還很遠，只不過把發育期的孩子關在家裡兩個月未免太可憐了。在鄉村地區接觸動物和大自然是一件好事，也可以讓我喘一口氣。老實說，反而是疫情更令人擔心，昨天巴黎地鐵的員工發生了群聚感染，所以他出門去鄉下地方可能比待在巴黎更安全。我努力用這種方式說服自己。

我把十個口罩、五副手套、兩瓶乾洗手凝露和一包酒精濕巾裝進背包，然後把PIERRE HERMÉ的馬卡龍，和法國版的《海峽之光》簽名書，讓兒子帶去作為伴手禮。

雖然安娜的爸爸也會同行，但聽到兒子想要參加十八個女生合宿的旅行，我不由得對兒子的成長感到驚訝。在法國人家裡住兩個星期，就要連續十四天都吃法國料理，他向來喜歡吃白飯，有辦法適應這樣的生活嗎？人家是「最後的晚餐」，我在他出門的那天早上，也特地為他做了日式早餐，然後送他去聖拉扎爾火車站。

「你和安娜年紀最長，要率先幫安娜爸爸分擔家事，或主動做一些體力活。」

「嗯，我知道。」

「到了之後，一定要打電話給我。」

「嗯，我知道了。」

「電車轉車沒問題吧？在車上一定要戴好口罩和手套，保持社交距離。你一旦確診，爸爸就很危險，所以無論做任何事，一定要格外小心。」

「嗯，我知道了。」

雖然在家時，覺得他已經是大人了，但佇立在聖拉扎爾車站前的兒子，看起來仍只是一個十六歲、正要起步的年輕人。目送兒子帶著行李箱、睡袋和馬卡龍走進車站的背影之後，我踏上了歸途，沒想到，家門竟然打不開……

這半年期間，家裡曾經漏過五次水，玄關周圍的牆壁漏水最嚴重，牆壁的濕度達到百分之百，也因此導致門產生了歪斜，前天才請工人來修理，但工人說，門鎖已經無法修理，然後就離開了。我把鑰匙塞進鑰匙孔，但鑰匙在鑰匙孔內不停打轉，仍無法把門鎖轉開。雖然必須請業者來處理，但今天是週日，管理公司和房屋仲介的電話都打不通。平時可以幫忙處理這種事的兒子正在往敦克爾克的電車上。真是夠了，偏偏在這種時候出狀況。我不知所措，坐在樓梯上發呆了一個小時，住在樓上的傑洛姆剛好下樓。最後，他幫我打開了門。

「辻先生，門鎖壞了。」他對我說。

雖然總算進了家門，但仔細思考之後，發現我根本沒辦法外出。因為一旦關上，門又會打不開。如果兒子在家，可以請他幫我開門，但他出門旅行不在家。我的晚餐該怎麼辦？

於是我寫了電子郵件給房東、房屋仲介和管理公司，希望他們協助我解決問題。只能明天一大早打電話給房東，請鎖匠來換鎖。兒子不在家，門又打不開，我沒辦法外出，頓時感到渾身無力。我到底要怎麼在這個家裡撐過接下來兩個星期？

兒子在家的時候，我可以為他煮飯、照顧他，至少生活有目標，而且也可以激發動力。雖然我經常埋怨做家事很累，但只要有必須做的事，人就可以繼續往前走。當只剩下獨自一個人時，會為自己煮飯嗎？我必須隻身一人生活半個月，在漫長的封城之後，等待我的是孤獨。這太讓人寂寞了。

但是，一直把寂寞掛在嘴邊，也無法解決任何問題。人無論身處任何環境，都必須靠自己振作起來。整個世界因為疫情蔓延而陷入混亂，變得很糟糕，但整天嚷嚷著完蛋、完蛋了，對疫情心生恐懼的話，就會一輩子都被糟糕的感覺壓垮。

正因為身處目前這種封閉的時代，更要努力尋找樂趣，發掘自己生命的意義，活得更像一個人。我決定，兒子不在家的這兩個星期，就當作我也有了暑假，要試著努力尋找人生的喜悅。

沒錯，今年不會重來，這個夏天也只有一次。我從今天開始，要準備進入人生的暑假了。

不要擔心。好好享受自己的時間。

七月某日。兒子和安娜的家人一起去暑假合宿旅行已經過了一個星期，我每天都傳訊息問他「Ca Va？（你還好嗎？）」他只簡短地回覆「oui（嗯）」而已。連續好幾天都這樣，我覺得這樣下去不行，於是我這個爸爸終於採取了行動，直接打電話給兒子。

「你每天都在做什麼？在那裡過得怎麼樣？」

「嗯，我很開心，不用擔心。」

「不要只說不用擔心，可以再說得具體一點嗎？身為父親，把兒子送去別人家，當然會擔心啊。你有沒有幫忙做家事？」

「嗯，吃完飯後，我會幫忙洗碗，因為大家要輪流收拾。」

「是喔，原來你會洗碗？那裡是什麼樣的地方？」

「是個很鄉下的地方，周圍什麼都沒有，在一片農田和草原中，有一棟房子，真的只是在村莊一角的老房子，雖然並不豪華，不過很舒服。有院子，樹木和樹木之間有吊床，有時候我會在吊床上睡覺，也會在院子裡吃飯。這裡和巴黎完全不一樣，因為周圍沒有其他建築物，星星很美，可以和大家聊很多心事。」

「你們現在每天都吃什麼？」

「不是像爸爸煮的那種很費工夫的料理，都是一些很簡單的，但這種感覺反而更新鮮，也就是普通家庭的滋味。大家都伸手去夾裝在大盤子裡的義大利麵或是雞肉，難得生活在這樣的大家族之中讓我覺得很興奮，每天都想著有家庭真好。安娜有兩個妹妹，我和她們姊妹，還有姊妹的朋友都聊了很多。大家會一起去海邊，或是去附近的城鎮散步。對了，我也會幫忙做晚餐。」

兒子平時很安靜，我可以感受到他的興奮。過了兩個月的封城生活，幾乎足不出戶的十六歲兒子充滿活力的聲音，和之前只生活在電腦世界的日子不同，有一種真實存在的感覺。

「三樓有三個房間，我們分成三組睡在這三個房間。我和安娜，還有安娜的朋友瑪艾、莉莉睡同一個房間。房間內有四張床，但因為沒有那麼多棉被，所以就把睡袋放在床上睡覺。安娜的表哥他們中途也加入了我們，所以很熱鬧，大家每天晚上都聊到很晚，氣氛和樂，我覺得自己就像是大家庭中的一分子。安娜的媽媽把我當成自己的兒子，所以我也幫忙做了很多家事。像是倒垃圾，陪她去買菜，還有洗浴室。爸爸，等我回去之後，我每天早上可以做早餐套餐。安娜媽媽每天早上會把麵包、優格、柳丁汁、果醬、奶油、火腿和白煮蛋放在桌上，雖然這稱不上是料理，但真的很棒。先起床的人就先去吃早餐，在所有小孩中，我總是第一個起床，所以經常和安娜的爸爸、媽媽三個人一起吃早餐。我終於發現，原來還有這種幸福。這是很寶貴的經驗，我覺得大家族太棒了。我長大之後，也要和別人結婚，建立自己的家庭，然後搬到鄉下生活，和孩子一起吃飯。即使不是山珍海味，也可以很幸福。午餐和晚餐雖然只是簡單的披薩或是義大利麵，但是大家都很幸福。」

「安娜的爸爸還找我幫忙一起為牆壁刷油漆，或是修理傢俱。因為他們買的是舊房子，房子目前看起來還不是很出色，但他們一步步親自重建，揉合全家人的意見，打造出舒適的空間。我很高興能夠參與其中，雖然彼此沒有血緣關係，而且只有我一個是日本人，但大家都對我很好，應該說，他們是用平常心在和我相處。親切是理所當然的事，他們並沒有特別照顧我，也不會過分關心，任何人都沒有特殊待遇。而且幫忙做家事很開心，能夠成為家庭的一分子，可以得到別人的認同、獲得他人的信任，能夠被視為大人，這一切都太棒了。」

「我平常在家的時候，是什麼事都不做的小孩，但在這裡發生了改變，即使別人沒有叫我做東做西，我也覺得自己必須出一分力，於是身體就自然而然地動起來，會主動找事做，修修東西，或是整理一下環境，在別人提出要求之前，就會先思考，想辦法在群體中發揮作用。我每天都對這樣的自己感到驚訝，現在生活在這樣的大家庭中很幸福，所以不必擔心我。因為這些事沒辦法寫電子郵件，而且爸爸也看不懂法文，我不會寫日文，所以每次都只回你oui而已，但是在Ca Va？（你好嗎？）和oui（嗯）之間有這麼多重要的事，你不用擔心我。爸爸，你可以好好享受自己的時間，我還有很多話想對你說，等回去之後，再慢慢說給你聽。」

兒子的求救信號

七月某日。我一個人吃了午餐，睡了午覺，稍微工作一下之後，起身去買菜，料理好晚餐，獨自吃完後，正在喝餐後的咖啡，此時手機響了。拿起手機一看，原來是正在安娜家中度假的兒子打來的。

「你難得打電話給我，有什麼事嗎？」

「我有一件事想和爸爸商量。」

「喔。」我原本躺在沙發上，聽到他這麼說，立刻坐了起來。

「安娜的家人都很親切，這次來的其他女生也都很好相處，我學到了很多，但是你想一下，這裡總共有十八個女人，只有我和安娜的爸爸是男人，所以我開始覺得有點累了。」

「喔，原來是這樣。」

他出發至今已經快十天了，原本計畫三、四天後，他就會回巴黎。能夠和安娜家人還有其他朋友共同生活十天，這件事值得稱讚，但我也能夠理解他漸漸感到心累的狀況。

「嗯，情況就是這樣。安娜他們打算再多住幾天，大家說要繼續在這裡住一個星期，但我已經撐不下去了，決定自己先回巴黎，不過面臨一個嚴重的問題。」

「什麼問題？」

「這裡太鄉下了，根本沒有電車。開車去最近的車站也要一個小時，我當然不好意思因為自己的任性，要求安娜的爸爸送我去車站。」

「爸爸可以嗎？我可以當你的司機嗎？」

「司機？」

因為兒子之前留了那裡的地址給我，我用Google Map查了一下，發現道路超複雜，從巴黎開車去那裡要三個小時半，來回一趟就要七個小時。我還沒上路就開始暈了。

「我去接你，但是那裡實在太遠了，爸爸也需要休息，可以給我兩天的時間嗎？既然機會難得，我就順便在鄉村地區好好玩一玩再去接你。」

就這樣，我又踏上了旅程。

回巴黎的路上，竟然被兒子說教

這是夏天的故事。

那一陣子，我認為不對他人抱有期待，是避免自己失望的最佳方法。

但是，兒子的想法和我完全不一樣。

他對我說：「爸爸，可以對別人抱有期待。」

某月某日。我不小心睡過頭，起床後，就已經到退房時間了。我走出飯店，先去了大教堂，然後沿著運河散步，在露天咖啡店吃了早午餐。吃完可頌麵包、巧克力可頌麵包、咖啡歐蕾和柳橙汁之後才出發。

我傳了訊息給兒子。

「我現在要去村莊接你，可以嗎？」

他只回了一個「嗯」字。

我在鄉間道路開了很久，導航系統告知「您即將到達目的地」。那裡真的是什麼都沒有的鄉下，沒有超市，也沒有咖啡店，周圍都是牧場，放眼望去，只看得見牛羊。因為導航系統的機械女性聲音告知「您已經抵達目的地」，於是我停了車。

那是位在小路盡頭的大草原房子。

並不是豪宅，的確如同兒子所說，是用自己的雙手慢慢改造的舊房子。四周圍起了柵欄，我探頭張望，看到了一座院子。院子中央有兩棵樹，兩棵樹之間掛著一張吊床。

幾個年輕人以不同的姿勢坐在椅子上看書、聊天、放鬆。眼前的世界太不可思議了，宛如一幅畫。兒子在後方打掃。原來他真的有幫忙做家事。這麼一想，就忍不住露出微笑。不知道這個奇怪的小孩每天都在做什麼。

一個女生發現我隔著柵欄向內張望，立刻跑去告訴兒子。我向他們揮手，所有人接二連三發現了我，向我走來。這是徹徹底底的白人家庭，兒子一個人混在其中的感覺很不可思議。

「嗨，各位，很高興認識你們。」我向他們打招呼。

安娜的爸爸和媽媽走來，打開了門。我笑著走了進去。兒子站在那些女生的後方，拉長了人中抿著嘴，露出了有點難為情的笑容。他每次害羞的時候就會這樣。

「請進，先進來喝杯咖啡再走吧。」雖然他們邀我喝咖啡，但其實今天是我的截稿日，我沒有時間坐下來休息，必須馬上趕回巴黎，所以我向他們道歉。

「雖然我也很想坐下來休息一下，但必須要趕回去才行。請你們下次來巴黎時，務必光臨寒舍。」我用這個理由推托，決定馬上離開。

雖然是疫情時代，但我和每個人都握了手。不知道為什麼，這件事讓我感到很高興。自從三月十七日封城之後，這是我第一次和別人握手。

長大了一些的兒子坐在副駕駛座上。

「住在別人家裡是什麼感覺？你還習慣嗎？我剛才看到你在打掃，真是太驚訝了，平時在家裡的時候，根本從來沒掃過地。」回程的路上，我問了兒子這次旅行的感想。

「嗯，」兒子回答，「是啊。」

他似乎在回憶，於是我決定在他想要開口之前，不再追問他。

我們向來都是如此。我開車，兒子坐在我旁邊。一直以來都是如此。我們這樣開著車在歐洲各地旅行。

「肚子餓了嗎？已經是晚餐時間了。」

「嗯，肚子餓了。」

我們來到高速公路的休息站，在漢堡店的餐車買了食物，坐在不遠處小山丘上的桌子旁吃晚餐。漢堡比我想像的更加正統，非常好吃。

「爸爸，你有沒有適合的對象？」

他問得太突然，漢堡卡在我的喉嚨。

我用可樂把漢堡吞下去後，回答說：「你不要問這種莫名其妙的問題。」

「家庭真的很棒，雖然我知道爸爸可能已經受夠了，但如果我結婚離家，就只剩下爸爸一個人了。你想想，如果可以活到一百歲，就還有四十年的人生要過。爸爸，你絕對會很長壽，你沒有白頭髮，也沒有壓力吧？」

「當然有啊。」

「雖然現在沒問題，但你很快就會感到寂寞。你不要一直在自責中度日，我會長大，你也會變成老頭子，所以最好遇到一個擁有相同價值觀的人，而不是為了排解寂寞。你們可以撫慰彼此內心的傷痛，也可以活得更開心，對方一定會喜歡爸爸做的菜，我也不會感到寂寞了。」

「……」

「我認為家人能夠在日常生活中，教會我們很多事，我從安娜的家人身上學到了許多。每個人都有各自的角色，我很羨慕。有爸爸、媽媽、女兒，還有表哥、以及他們的朋友……雖然我很慶幸能夠和爸爸兩個人一起生活，但不能永遠都只有我們倆，離我成家還很久，所以你不必在意我，可以儘管去找適合的對象。」

「爸爸不適合。我喜歡一個人，而且你也知道，我這個人很難搞，不容易遇到會喜歡我這種怪胎的人。老實說，爸爸已經不抱期待了。人之所以會痛苦，就是因為有太多期待。」

「爸爸，這句話是你的口頭禪，但其實並不正確。安娜的家人都相互期待。」

我大吃一驚，也感到很不自在。

「安娜的爸爸對安娜抱有期待，安娜對她媽媽抱有期待，她的妹妹也對她抱有期待，大家都對家人抱有很大的期待。我很羨慕他們這種關係，你不認為相互期待很了不起嗎？」

我從兒子身上移開了視線。

「爸爸，你一直都沒有抱持任何期待，因為害怕希望落空……但是，我覺得期待很重要，即使最後沒有實現，相互期待的關係也很美好。」

兒子對我說教。他說到一半之後，開始用法文。

「在鄉村生活，就只有期待。因為人煙稀少，根本無處可逃，所以大家都抱有開放式的期待。我因為受到期待，所以會打掃、準備早餐和整理家裡，這不是一件壞事，也不會讓人不舒服。相反地，因為受到大家的期待，可以瞭解自己存在的理由、作用和意義。期待的背後是感謝，當聽到別人說謝謝時，就想要繼續努力。這樣不好嗎？我覺得很有人情味啊，爸爸，你可以對別人抱有期待，光是想像一下，就知道不抱有任何期待會出問題的。爸爸，我很清楚，你最後都會原諒別人……但是，你是不是可以在未來的人生中，開始對別人抱有期待？」

夕陽正慢慢沉落在地平線後方。

即將結婚的兒子描寫變成老爺爺的我的那一天

七月某日。兒子參加了一個有日本血統（父親或母親是日本人）的混血兒網聚，其中有一個人聊到了我。兒子很驚訝，不知道該說什麼，於是就沒有吭聲。我每年會受邀在相當於日本東京外語大學的法國國立東方語言與文明學院，或是巴黎第七大學（又稱巴黎狄德羅大學）開一堂課，那個人似乎就是當時的學生。那些學生的日語都很流利，程度不錯，我在那裡用日語上課。法國國立東方語言與文明學院有三千名學生，專門教世界各地的語言，光日文系就有一千名學生。日本受到這些學生的歡迎，讓我與有榮焉。而且都是對日本充滿好奇的學生，那些我課堂上的學生似乎都認識我，我猜想這也是兒子對我的工作不感興趣的原因之一。

「你什麼都沒說嗎？」

「嗯，因為一開始我嚇了一跳，而且也覺得很難為情。」兒子說，「但是我在最後告訴大家，那個人是我爸爸。」

「結果呢？大家聽了之後有沒有什麼反應？」

「沒什麼特別的反應。」

「沒什麼特別……」

那一刻，有一種酥癢的感覺。當時我們正在吃飯，所以並沒有繼續聊下去，聽起來是去年還是前年的事，我有點搞不懂他為什麼現在聊起這件事，但希望他對我的工作產生一點興趣，覺得不失為一個契機。

於是我認為不能放過這個大好機會，從書架上拿了一本自己作品之中比較簡單的書，交給他說：「有空讀讀看這本！」之所以會用命令式的語氣，八成是因為我感到害羞。

「嗯。」兒子難得接過了書，「你之前也給過我這本。」

「沒關係，我再給你一本，你就看這本。」

在法國生活即將二十年，兒子今年十六歲，後年就要上大學。把數字這樣列出來，就覺得距離來到法國已經很多年了。老實說，一方面也是因為命運的捉弄，所以我至今仍然住在法國，但在這裡並沒有大家所認為那麼輕鬆，事實上，我也曾經生活沒有著落。

我希望兒子以後能夠看我寫的其中一本小說。那是我幾年前完成的《父親 Mon

Père》。那本書是從兒子的視角描寫古怪的父親，如果兒子成為作家，不知道會寫出什麼樣的小說，我很想讀一讀。這種想法成為我創作這本小說的契機，因此，我認為這是一本從私小說的角度寫下的奇妙作品。作品描寫了名叫充路的年輕人和患有失智症並持續惡化的父親之間的關係，我也有可能會失智，到時候，兒子將如何對待我呢？我在寫這本小說時，發揮了想像力，不時流淚，不時回憶起往事。雖然是寫未來的事，但可以從作品中看到至今為止的人生。雖然是虛構作品，卻在其中呈現出如同紀實作品般奇妙的世界，和這本日記所描寫的父子之間的世界觀不大一樣，透過故事這個濾鏡，反而增添了莫名的真實感……

我在寫這部作品時，兒子還是小學生，我驚訝地發現，自己和兒子之間的關係，越來越像這部作品。最近他交了女朋友，很可能不久之後，他就像這部作品中所描寫的那樣，開始聊起結婚的事。

想起他去年對我說：「爸爸，你也可以成為法國人。」我不由得緊張起來，不知道他想要表達的意思。我問他，你是不是希望爸爸一直陪在你身旁？他回答說，沒錯，就是這樣。我聽了他的回答，暗自竊喜。兒子十歲時，我們展開了父子之旅，第一次旅行是二〇一四年一月去史特拉斯堡。他以前曾經對我說：「我以後要建立一個幸福的家庭，一家四口，爸爸，你也和我們一起住。」當時，我對只有我們父子相依為命的狀況感到很對不起他，當時，我寫出了這部小說的第一行字。

法文書名的「mon père」就是日文的「父親」，兒子向別人介紹我時，總是有點難為情，又有點不安，但又略帶興奮地說我是他的「mon père」，所以我決定就取「mon père」這個書名，但只有「mon père」，感覺像是鞋子的名字，於是又在前面加了「父親」這兩個字。

兒子的行爲終於激怒了爸爸。既然這樣，那好吧

七月某日。我在這份日記中，總是把兒子寫得很乖巧懂事，其實也有一些「有苦

難言」的事。兒子對我真的很沒禮貌，他想聊天時，就會一個勁地和我聊個不停，但平時就不一樣了。因為我都寫他的優點，所以很多讀者都留言表示「辻先生的兒子真優秀」，但這與事實不太相符。

兒子的確心地善良，我也承認他某些方面確實很優秀，但這只是極小一部分，真正的他有百分之九十九還有待加強，而且也不可愛。即使我對他說「早安」，他也從來沒有回過一次「早安」。如果我再次大聲對他說「早安」，他就會大聲回嗆我：「已經說過了！」太扯了。

不光是這樣而已。給他零用錢時，他會大聲對我說「喔，謝謝」，但我們一起吃飯時，情況就不一樣了。比方說，今天吃午餐時，我問他：「學校怎麼樣？」他也完全沒有回應，好像只有很小聲地發出了「呃」或是「嗯」的聲音，但完全沒有任何說明。太誇張了。

平時幾乎都是這副德性，但是當他對自己的未來和在音樂方面有煩惱時，就會來問我「可以打擾一下嗎？」然後滔滔不絕地聊起自己的事，這種落差也未免太大了。今天他說下午要出門，但我看他完全沒有做出門的準備，於是就跑去問他：「吃完飯了，你還不出門嗎？」沒想到他竟然對我大小聲，說什麼「我不是說不出去了嗎？」問題是他根本沒說。真是的。

雖然很生氣，但我沒有父親的威嚴，只好摸摸鼻子走出他的房間。來到走廊上時，才為他的態度感到火冒三丈，越想越生氣，可惡！每次煮好飯呼喚他：「吃飯了。」他會不滿地說：「知道了啦。」如果問他好吃嗎？他就氣憤地回答：「好吃啦！」於是我就會發脾氣，但是我一旦生氣，他就會轉身躲回自己房間，我覺得很麻煩，所以就努力忍了下來。當我寫這些事時，讀者就會留言道，這種情況很正常，代表他發育健全。但我很想說，這樣不對吧！面對問話都不好好回答的十六歲叛逆期，我沒有一天不生氣。太荒唐了。

後來，終於想到了一個妙計。我決定從今天起不主動開口說話。即使煮好飯，也不會叫他來吃飯，把他的份放在桌上。冷掉了也不管他。反正不關我的事。我吃完後，就收拾自己的碗筷。吃飯時，也不和他聊天。我一句話都不說，以免自討沒趣。他想說話就隨他說，如果我剛好心情好，聽一下也無妨。我要採取這種態度。除此以外，也不主動給他零用錢，如果他來向我要，我當然會給他，但我這個爸爸沒必要拜託他收下我的零用錢。當然也不會對他說「早安」和「晚安」。他回家時，就在他的房門口貼一張「洗手、沖澡」的紙。怎麼樣？這下子他應該知道爸爸在生氣了吧？

如果連兒子都不把我放在眼裡，很難在疫情時代生存下去，所以我決定不管他。由他決定自己的將來，即使我擔心他未來的出路，在他升學的問題上提供建議，他也只會反駁我「有什麼辦法？我就是不想讀這個啊」，我還能夠說什麼？即使不管他，他也不會死，而且既然是他自己的選擇，就必須自行負起責任。簡直太不把我當一回事了。

而且羅伯特、莎拉或尼古拉的父母來家裡玩時，他就會滿面笑容地和他們說個不停，他們都用法語聊天，還不為我翻譯，把我排除在外。他明知道我聽不懂他們聊天的內容，不時瞥我幾眼，甚至還會問什麼「爸爸，你聽不懂吧？」這種鬼話。

「別把我當傻瓜——」

我很想這麼對他說。是我把你養了這麼大，雖然不是想要討人情，但我不是奴隸。誰要加入你們用法語聊天，這是我的家，大家都給我說日語！

如此這般，辻家進入了冷戰時期。我這次真的生氣了，所以決定他說話時，我也不搭理他，當然更不會主動和他說話。我完全無所謂。我是認真的。

我可以領年金了，對自己到了這個年紀感到驚訝

八月某日。今天一早，兒子拿著電腦，給我看他挑選的法國鄉間民宿的清單，這些民宿都不會太貴，而且目前還可以訂到房間。這份清單上有法國各地的民宿，我對他查找資料的能力感到佩服。

「爸爸，你不是一直說想住在鄉下嗎？所以可以去住住看這種民宿，先瞭解是否喜歡那個地方，再慢慢找到理想的住處不是也不錯嗎？」

他找的都是法國南部、普羅旺斯、瑞士邊境、阿爾卑斯、阿爾薩斯和西班牙的邊境交界處，還有被稱為法國京都的波爾多地區、布列塔尼地區等風光明媚鄉村的幽靜民宿。

「爸爸，你以後想住在什麼樣的地方？」

「嗯，如果去法國南部或是阿爾卑斯，回巴黎就很麻煩，所以離巴黎大約一個小時車程內的村莊比較理想。」

「村莊？不行啦。」

「為什麼？」

「你沒辦法在鄉下的小村莊生活吧？」

「怎麼不行？我喜歡遠離塵囂的深山。」

「你很怕寂寞，恐怕撐不到三天，所以不適合沒什麼人的環境。」

他的觀察很敏銳。我們一起生活了十六年，日子沒白混。

人生很奇妙，無論設計或是規劃了什麼樣的人生，都沒有任何人能夠按照自己的計畫走下人生舞台。無論規劃得再好，最後只能走一步算一步。

「住巴黎不是很好嗎？」

「不，在都市生活太累了。我這輩子都只能居家工作，所以很希望有自己的土地。無論是哪裡都沒問題，但我不能把你留在這裡，自己一個人回去日本。以後你和你的家人住在巴黎，萬一有什麼事，我就可以馬上趕到。對了，爸爸接下來想當畫家。」

「又來了！又有新目標了嗎？隨便你啦，你想做什麼都好。」

兒子笑了，但我沒有笑。這不重要。

「我希望住家後方有一個小型工作室，然後生活在自己創作的世界，就好像尚．考克多（Jean Cocteau）那樣。」

「像是巴比松之類的地方嗎？」

「嗯，不錯啊，那裡一個小時就可以到了。」

「等我一下。」

兒子用電腦查了巴比松周圍的物件，然後找到了一棟房子。那棟房子有個漂亮的院子，老舊的主屋旁有一個以前作為馬廄的倉庫。房子很破舊，需要重新整修，但價格很便宜。看了物件的照片，發現周圍是一片樹林。

「可以把這個馬廄改造成民宿，經營一家小型民宿也不錯。」

「又來了。你不是想當畫家嗎？」

「每次只接待一組客人入住，晚上由我親自下廚給客人吃。」

「我勸你還是打消這個念頭。」

「為什麼？」

「因為你很容易和別人發生糾紛，更何況你又不會算錢。而且一個人根本沒辦法經營民宿，我猜你雇了人手之後，會搞得雞飛狗跳，最後想必會一塌糊塗，然後說要回巴黎。」

他的觀察很敏銳。我們一起生活了十六年，日子沒白混。

「我只是想離開巴黎看看，如果有所謂的餘生，在剩下的日子中，不希望再被人擺布，即使承受著孤獨，也想活出自己真實的人生。」

「很好啊。」

「最近收到法國政府寄來的年金通知。」

「年金？真的假的？」

「五年之後，我就可以領年金了。」

「你這麼老了嗎？簡直難以相信，這個世界完蛋了。」

我們都放聲大笑起來。雖然能夠領到的年金微乎其微，但我繳了二十年的稅，所以按照政府的規定，可以領到一點年金，這讓我驚訝不已。如此一來，我就能夠維持最低限度的生活。

我從抽屜裡拿出那份通知給兒子看。

「真的欸，你在六十五歲之後就能領年金，可以靠年金過日子了。原來爸爸還有這樣的未來，一點都不適合你。」

「這意味著你也長大了。」

看著兒子的笑容，覺得自己突然老了。但是，工作還沒有結束，我會一直爬格子，至死方休，也要活到老，換吉他的弦到老。

「爸爸，我們要不要去哪邊走走？隨便哪個地方都行，暑假還很長，我們可以找一個地方好好度假。」

不知道為什麼，像這樣和兒子一起聊著未來時，覺得自己好像變成了從模型中擠出來的涼粉。老實說，我不知道自己是否能夠在法國的鄉村生活，我可能需要兩、三年，或是更長的時間才能做出決定。目前手上有好幾個案子和創作項目，我會在完成這些工作的同時慢慢做決定。但是，我決定總有一天要離開巴黎，這是我目前微不足道的目標，到時候或許要和兒子分開，所以即使現在整天吵吵鬧鬧，仍然要和他一起走下去。

話說回來，竟然快要可以領年金了……太驚訝了。

和兒子一起出發，遠離疫情

八月某日。雖然法國沒有像日本那樣，推出「Go To Travel」旅遊振興方案，但現在是盛夏季節，熱愛旅行的法國人都和家人或情人一起出門度假。所到之處，滿滿都是遊客，難以想像因為新冠肺炎疫情的關係，整個法國曾經在三月到五月期間封城。雖然目前只能在歐盟國家旅行，但今年很多人都選擇在法國國內度假。聽說日本在中元節之前，還呼籲民眾盡可能避免返鄉探親，兩個國家之間為什麼會有這麼大的差異。

今天早上，和一位從事文學工作的朋友在咖啡店喝咖啡，他問我日本的情況如何，我告訴他日本的死亡人數，他瞪大眼睛，驚嘆不已。他難以置信日本的死亡人數這麼少。生活在因為新冠肺炎死亡超過三萬人的國家，覺得日本的死亡人數少得不可思議。但是，比較日本和法國兩個國家，我覺得日本人似乎有點過度緊張了，從兩個國家的新聞就可以感受到這一點。雖然無法判斷孰好孰壞，但法國曾經封城，隨時做好了迎接第二波疫情高峰的心理準備。有關度假的行政指導也不會朝令夕改，一旦決定這個不行，那個沒問題，就不會輕易改變，或許這也是讓人感到安心的原因。

最後，我們沒有去山上，再次選擇去海邊度假。兒子找到一家位在法國北部沿海的可愛民宿（一晚一百歐元），於是就訂了那家。只要遠離城市，去哪裡都無所謂。這是一趟逃離酷暑的巴黎，找回自己的假期。如果確診人數暴增，或是超過一定程度，法國政府可能會再次封城或是限制民眾出遊，到時候只要遵守規定就好。不抱著這種隨機應變的心態，身體和心理狀況都會撐不下去。這次的疫情是長期抗戰，要保留之前日常生活的優點，對於某些必須改變的部分，就只能妥協。

去人口比較少的避暑勝地比留在巴黎更安全，鄉村的居民也必須振興觀光（經濟），所以雖然對巴黎人感到害怕，但據我的觀察，他們懂得和觀光客保持距離，也做好了充分的預防措施。出遊的巴黎人也都很小心謹慎，我認為這些方面做得很出色。東京人因為政府呼籲盡可能減少外出，所以整個社會的氣氛反而讓人無法出門旅行。今年在政府的倡導下，中元節可能無法回鄉探親，雖然某種程度上，這也是無可奈何的事，但疫情的流行或許會持續數年，甚至一直繼續下去，不可能總是不外出。持續這種近似於短距離衝刺的生活，心理會出問題，不妨改成放慢速度的馬拉松方式，而且有時候也要有偷懶的勇氣，在安全的地方度個假也不失為選項之一，只要避開「密閉空間」、「密集人群」和「密切接觸」就好。我和兒子一起踏上了這樣的旅程。

我們一路前往英吉利海峽，離開巴黎三個半小時後，抵達了位於山丘上的小型民宿。空氣很清新，太棒了。我立刻彈起了吉他。我很慶幸相信了兒子，人生不是追求勝負輸贏。

兒子叮嚀爸比，爸比的理智線再次斷掉

八月某日。於法國鄉間生活的第二天早上，我在閣樓的臥室內醒來。睡醒之後，發現和平時看到的天花板不同，是三角形的天花板，所以心情也有點不一樣。這是兒子在網路上找到的海邊民宿，附近有零星幾棟民宅，這裡真的是被大自然包圍，

也確實人煙稀少，果真是鄉間的村莊。

「爸爸，因為你說想離開巴黎，體驗看看沒有人煙的鄉村生活。」

雖然是基於這個宗旨找到了這家民宿，但兒子又接著說：

「你仔細想想，現在是因為疫情和各種問題，所以你才想遠離都市，但我平時仍然必須在巴黎讀書，日後沒辦法陪你一起在鄉村生活，也就是說，你要想像一個人住在這裡會怎麼樣，晚上即使想和人見面聊天，這裡既沒有酒吧也沒有朋友。要一直獨自在這裡生活，你真的沒問題嗎？接下來的一週我們都會住在這邊，你可以好好思考這個問題。」

我睡大房間，兒子睡在隔壁的兒童房。這是兩房兩廳，差不多十五坪的鄉下房子，才剛重新裝潢過，住起來很舒服。因為周圍都沒什麼人，環境很安靜。昨天晚上，我打開窗戶，發現星星就在頭頂上閃爍。小巧可愛的浴缸就放在窗邊，民宿主人的設計很獨特。我的房間還附帶了不到一張榻榻米大的小書房，雖然真的只有巴掌大，但開了一扇小窗戶，可以隱約看到大海。把頭探出窗外，能看到左側有燈塔，甚至覺得看到了遠方的英國（但實際上應該並不是英國……）。

一樓有個不知道該稱為客廳還是廚房的空間，是理想中的開放式廚房，熱愛下廚的我相當滿意這樣的設計。廚房窗外的石階小路一直延伸到海邊，美得像一幅畫，實在太療癒了。兒子的房間只有兩坪多大，但有可以沖澡的獨立衛浴，如果不想看到對方，可以各自躲在自己房間不見面。房子旁有一個小院子，我把椅子放在院子裡，輕輕彈起了吉他。後方是樹林，也有跑馬道，另一側就是大海。我從來不曾在法國的鄉間生活，完全無法想像哪些人會住在這種地方。

安頓下來之後，我和兒子一起出門準備買菜。

沒想到村莊實在太小，根本沒有可以購買食材的地方，問了村民（是比我老很多歲的爺爺），他說必須去高速公路交流道旁的超市才有。我們走回民宿，開了十五分鐘的車程來到超市，買了一週份的食材。

「在這裡生活，就必須面對這種情況，沒問題嗎？」

「這樣也不錯啊。」

「爸爸，旅行和生活完全不一樣，除了住在這個村莊的人，你無法見到任何人，而且我剛才稍微觀察了一下，完全沒有你喜歡的年輕女生。」

「我告訴你，爸爸最近對年輕女生完全沒興趣。」

「騙人。」

「我就是在騙你。」我馬上收回了剛才說的話。

「總之，你自己感受一下，這裡的人都比你年長，你一個外地來的日本人，要在這個人口嚴重外流的地方生活。或許不會遇到明目張膽的歧視，但也可能不受歡迎，你有辦法在這裡生活嗎？巴黎人認為四海一家，無論來自哪個國家，只要他們覺得有趣就可以接納各種人，但這種鄉下的村莊很保守。即使你是很有趣的日本大叔，他們恐怕也很難接受。等到你買了房子，再說什麼想回巴黎就來不及了。你每次都因為倉促行事，結果就把事情搞砸，所以才會總是失敗。」

可惡。我很不甘心，咬緊了牙關。這個孩子雖然說話不中聽，卻言之有理，所以我很認真地把話聽進去，作為日後的判斷依據。巴黎是大城市，即使和人發生摩擦，仍然可以按照自己的意志行事。但是如果在這裡和人發生紛爭，恐怕就會走投無路。我越想越不安。如果待在巴黎，感到寂寞時，就可以去克里斯多福或是羅曼的店打混一下，但這裡連一間酒吧都沒有，不，連咖啡廳都沒有。

「這裡沒有咖啡廳。」

「問題就出在這裡。」

我做了番茄義大利麵，白天把餐桌搬到戶外吃飯。因為是星期天，人潮漸漸聚集在海邊。那裡應該是一個沒落的海水浴場，但有幾個年輕女生。這裡明明就有年輕女生嘛！

「不知道這些人是從哪裡來的。」

「可能是附近的城鎮。」

「但是，她們百分之九十九不可能邀你一起玩，不，百分之百不可能，她們根本不會把你放在眼裡，更何況你的法文這麼爛。」

可惡。

「夏天似乎會有人潮聚集在海邊，但冬天就會變得超冷清，你想像一下海風吹拂，海浪撲面而來的情景，窗戶會被吹得嘎嘎作響，風也會發出呼嘯聲。」

兒子真的是一個討人厭的傢伙。

「冬天的北法冷得快結冰了，現在當然沒問題，但到時候還會積雪，你就會覺得更孤獨。爸爸，你很愛講話，一整天都不說話沒問題嗎？」

「所以我會養狗。」

「是啊，但我想你仍然會寂寞，因為周圍根本沒有人。」

「你破壞爸爸的夢想，到底有什麼樂趣？」

「我才沒有破壞，但爸爸只熟悉都市生活，而且我充分瞭解你的性格，所以是從務實的角度來思考，才不得已為你擔心。除了我以外，沒有其他人可以向你提供意見了。」

「別擺出一副以恩人自居的態度。」

「而且你在這裡也沒有機會結識新朋友。我勸你放棄這種窮鄉僻壤，至少要住在有幾萬人的城鎮附近。不要堅持住在鄉下，可以考慮巴黎以外的中型城市……有兩、三家咖啡廳的地方不是不錯嗎？你考慮老後的生活當然也沒問題，但你才六十歲，如果關在這種地方，你就沒辦法創作了。整天寫那種田園生活的小說，也不會有人想看。」

「你少囉嗦，不要干涉爸爸的工作。」

「托馬的媽媽說你很帥。」

「什麼意思？」

「她也是單親媽媽，你可以試試婚活[3]。」

傍晚時，我獨自在海邊散步。酷暑的巴黎氣溫將近四十度，這裡只有三十度左右，很涼快，海邊相當平靜。我撿起貝殼繼續往前走。在疫情時代，如何生活是個很重要的問題。我完全能夠理解兒子的意見，他並不是反對我的想法，而是太瞭解我善變的性格，所以特別叮嚀我。但是，我厭倦了必須配合文明的速度而生活，像新冠肺炎這種疫情大爆發隨時都有可能發生，如果想要改變，就必須趁目前還有心情和體力的時候付諸行動。我認為自己並沒有錯，問題在於能不能踏出這一步。我打算趁住在這裡的期間，好好思考自己未來的目標。

3 為了成功結婚而努力進行各項活動，包含聯誼與相親。

少年喊著媽媽，兒子目不轉睛地看著少年

八月某日。傍晚，和兒子一起去海邊看夕陽。這些年來，我和他相依為命，如今，他已經是比我高出幾個頭的大男孩了。我們在沙灘上並肩坐了下來，但沒有說話。並不是無話可說，而是已經不需要說話了。不知道為什麼，我想起了兒子剛出生時的事。雖然他現在是討人厭的高中生，但小時候很可愛。當父親很奇妙，無論是年幼的少年，還是討厭的高中生，在我眼中都一樣。兒子這輩子都是我的心肝寶貝。

「媽媽！」這時，突然聽到一聲喊叫。一個少年跑了過來，跑向在我們附近的一位女士，緊緊抱住了她的腿。少年央求說，他還不想回家，想在這裡繼續玩。那位女士則說，太陽快下山了，要趕快回家。他嚷嚷著「不要、不要，還想要玩」，然後大叫著「媽媽、媽媽」，漸漸哭了起來。

「媽媽，媽媽。」

小孩子放聲大哭。兒子小時候也是這樣。在只剩我們父子倆生活之後，每次聽到

其他小孩子叫「媽媽」，我就會心生警戒，尤其是兒子十歲、十一歲的時候。在讀小學高年級，他的母親離開我們之後，有很長一段時間裡，我都盡可能避免讓他聽到其他小孩子撒嬌叫「媽媽」的聲音，兒子在成長的過程中，也不願意看到那些向母親撒嬌的孩子。有時候他會逃開，大部分則是面無表情（八成是付出了很大的努力）無視那些孩子。如果我也在場，就會摟住兒子的肩膀，把他帶離現場。我不太清楚我不在的時候，如果他獨自遇到這種狀況會如何處理。

「媽媽，我不想回家，我還想玩。」

「不行，傑克，我們該回家了。」

「我不想回家。」

「傑克，要回家了。你很乖，不要哭，下次再帶你來玩。我們一起回家吧。」

那位女士在我兒子面前緊緊抱了少年，親吻著他。但是，我沒有像以前一樣，把兒子帶走。他快十七歲了，後年就要上大學，而且他用他的方式，瞭解了自己的處境。我悄悄瞥了兒子一眼，他面無表情，目不轉睛地看著那名少年，就只是盯著而已。兒子總是露出這樣的眼神看全世界的母子。他察覺了我的視線，然後冷笑一聲掩飾。我的心一沉，因為他的笑容好像自以為是哥哥，覺得那個孩子真不聽話。太陽染紅了那對母子身後的風景。

我們沒有再說什麼。我從來沒有問過兒子對他母親的看法。不，我曾經提過一次。在他十二歲的時候，我以客觀的角度向他說明為什麼會變成目前這種情況。當時他一臉氣勢洶洶地發脾氣：「絕對不要在我面前提這件事，我已經拚了命在忍耐了。」我感受到他內心的創傷，什麼話都說不出來。雖然隨時做好了毫不隱瞞地向他說明一切的心理準備，但不知道是好是壞，這個問題一直都是辻家的禁忌。因為在這件事上，我也有做不好的地方……沒錯，我內心一直很愧疚。

那部分就像是個巨大的空洞，我們始終視而不見、避而不談，他在我身邊持續成長。有些事，我力所不能及，尤其在這件事上更是無能為力，所以我也避談這件事，把一切都交給時間。

那位媽媽在廣闊的沙灘正中央緊緊擁抱著少年，然後用雙手把他托了起來。少年被抱在媽媽的懷裡，母子兩人的身影漸漸遠去。孩子用哭濕的臉龐抹了抹媽媽的肩，忍著眼淚，然後把眼角的淚水留在媽媽的脖子上。媽媽親吻了少年的臉，又重新把他抱好。那是我一輩子都無法做到的事。太陽即將沉入地平線遠方，世界被染成一片鮮紅。我故意不看向兒子。

「要不要玩滑板？」

那對母子從視野中消失後，我看著紅色的太陽問。

「嗯。」兒子回答。

海灘中間埋著看起來像是水泥防波堤殘骸的東西，差不多有五十公分左右。本地的滑板好手都在這裡練習。當那些年輕人離開後，兒子在那裡練習滑板。我坐在不遠處看他。他和我年輕時一模一樣。彷彿看到了ECHOES剛成立時的自己，因為實在太像了，我的嘴角忍不住上揚。

滑板在水泥上滑行的嘩嘩聲響徹周圍。海灘上除了我們，沒有其他人。沒錯，兒子是我的所有。

辻家的祖傳家訓，天下沒有白吃的午餐！

八月某日。兒子說想要有更多打工的機會，於是我就讓他幫忙擦地板。我知道他很想賺錢，沒想到他只花了一個多小時，就把家裡的地板擦得發亮，簡直令人嘆為觀止。每走一步，地板就發出嘰嘰的聲音，實在太舒服了。他說想要買一雙VANS的球鞋，因為自己的零用錢買不起，所以提出要在家裡打零工。

「接下來我只要每隔四天擦一次地，下個月的月初，就可以買那雙球鞋了。」他對我說出了自己的盤算，我完全無法抗拒這種機關算盡的談判，於是就答應了。兒子說，他還有一件事想和我商量。就是關於學校營養午餐的問題。九月新學期開始之後，他說不想在學校吃營養午餐，希望每天在家裡吃午餐。

「喔，這可不行。」

兒子聽到我的回答，臉色大變地說：「官大人，你倒是聽我把話說完啊！」不願輕易放棄。

今年九月，兒子即將成為高二的學生。明年二〇二一年九月開始就會升上高三，後年的二〇二二年九月就會變成大學生。法國的小學是五年制，中學是四年制，高中和日本一樣都是三年制。高中和日本的大學體制差不多，雖然有分班，但每個學校都會根據各自選修的科目，去不同的教室上課，所以班級不過是形式而已。高一有必修課，高二之後就只上選修課。法國的高中幾乎和大學相同，唯一的不同，可能就是沒有學分。

選擇了文科的兒子在就讀的理科學校並不屬於主流派，中午前後都是數理科學生的課，他必須在早上很早和下午較晚的時間去學校上他選修的課，所以他不想在學校吃營業午餐，而是希望回家休息。但是，我也不想把自己逼得那麼緊，每天都為他準備午餐。今年夏季的度假期間，每天為了煮早、中、晚餐而忙得幾乎喘不過氣，正因為想到秋天就可以解脫了，所以才能撐下來。法國的營養午餐是套餐，他在學校多吃點，也有助於節省家庭開支。

「但是為了吃營養午餐，要在學校空等四個小時，你不覺得很不合理嗎？」

「你可以去自修室看書，或是和同學在學校聊天。營養午餐可以省錢。」

「不不，星期一到星期五，每天在學校等四個小時太累了，我寧願回家讀書。」

「你不是要走音樂這條路嗎？平時也根本沒在讀書啊。」

「爸爸，我想當律師，如果不好好讀書，就考不到證照。」

我希望兒子獨立，這件事對他很重要。當然也期許他可以早日長大成人，不再那麼依賴父親。

「既然這樣，如果你自己用家裡現成的東西煮來吃，我就同意。」

「正合我意。」兒子神氣地回答。

「星期二和星期三，和我同班的托馬營養午餐的時間也在學校，這兩天我可以吃營養午餐。不然這樣好了，星期一、四、五，我在家裡自己煮來吃，星期二和星期三，就留在學校吃營養午餐，這樣你付的營養午餐費也可以減少一半以上。怎麼樣？」

我最喜歡這種機關算盡的談判，於是就說這是個好主意，答應了他的要求。他可以用冰箱裡的食材自己做午餐。

「啊，我還有一個要求，請你教我做好吃的義大利麵，我中午就吃義大利麵。」

我太喜歡這個傢伙可愛的談判了。沒問題，我可以教你。交涉成立。

我想起以前只要沒錢，就會向父母討錢。每次向我爸要錢都會挨罵，所以總是偷偷去拜託我媽。

「仁成，你有沒有好好吃飯？」

「樂團很辛苦，我們很快就可以出道了，妳幫我跟爸爸說，拜託媽媽了。」

有一次，父親半夜打電話來把我叫醒。

「仁成，你到底打算靠父母到什麼時候。你是不是以為回家要錢，我們就會給你錢。我可沒錢給整天都在玩音樂的人。我送你一句話，天下沒有白吃的午餐。不要再打電話回來了！」

父親那天喝醉了，說完便用力掛上電話。剛出道時，ECHOES的薪水是每個月五萬圓，付了三萬圓房租之後，根本沒辦法生活。幾天之後，我媽寄了現金掛號給我，裡面有三萬圓，還寫著「不要亂花，這是媽媽的私房錢」。我媽很寵我，父親則是對我很嚴格。拜父母的愛所賜，我才能繼續生存下去。兒子只有我可以依靠，我必須同時身兼父職和母職。有時候可以寵他，但為了他的將來著想，偶爾也必須嚴格以待。天下沒有白吃的午餐，這是我現在最想送兒子的話。

兩個星期後，新的學期即將開始。他身處於在新冠肺炎大流行之中，在法國成為高二的學生。

即使沒有父母，孩子也會照樣長大

九月某日。兒子早上八點出門上課。我聽到「砰」的關門聲。

兒子讀小學時，政府規定家長必須接送，即使他可以獨自上學之後，我也會為他準備早餐，然後送他出門。

他現在讀高二，已經能夠自己出門上學。我變得輕鬆多了。

昨天看到我在睡覺，他就默默為我做了晚餐。孩子的成長雖然肉眼不可見，但會漸漸向你襲來。

人太了不起了，會自己慢慢地長大。

兒子出門上學後，因為家裡沒有任何食物，於是我就拖著購物車，去附近的市場買菜。

我很慶幸能夠找回日常的生活。

迎面而來的秋風相當舒服。魚店的伊曼紐向我打了招呼。先生，祝你一切安康。

我買了大量食材回到家，在床上打瞌睡的同時，兒子到家了。他結束了上午的課，先回家一趟。我看了手機，才發現已經十二點了。

他吃完午餐後，要再返回學校。要不要做點什麼給他吃？我這麼想著，正打算起身，兒子便走進我房間說：

「咦？你今天也不舒服嗎？那要不要我做飯給你吃？」

「嗯，還沒有完全恢復，頭超痛。」

爸比的回答完全出乎意料，連我自己都嚇了一跳。

「那你就躺著吧。我來煮飯，反正做一人份和兩人份沒有太大的差別。我做好之後就放在桌上，你起床後再吃就好。」

賺到了。真的可以這麼幸福嗎？這不是好上加好嗎？

既然這樣，那我就不客氣了，決定繼續躺在床上發懶。

昨天晚餐也很愉快，沒想到今天又可以體會一次這樣無比輕快的心情。想到這裡，就喜不自勝，嘴角上揚。

回想起來，自從成為單親爸爸之後，我一直努力想成為一個完美的父親。

但是，當我身體不舒服時，兒子就特別爭氣。

也就是說，或許是因為我太完美，妨礙了他的獨立。

既然這樣，我是不是該繼續裝病一、兩天觀察一下？

如果我是個廢柴爸比，也許他很快就學會做家事和下廚。這對父子家庭大有助益，我也可以輕鬆一點。只要兒子學會下廚，我就自由了。不，他現在似乎已經瞭解煮飯的樂趣，這樣的發展很不錯。總之，我決定繼續假裝身體不適。

中午過後，再次聽到「砰」的一聲。兒子又出門上學了。我起身下床，走去飯廳一看，發現桌上放著便當盒。

我戰戰兢兢地打開便當盒，發現繼昨天晚上他煮了晚餐之後，今天又為我做好午餐裝在便當盒裡。和昨天一樣，雖然看起來不怎麼好吃，但這絕對是兒子有生以來第一次做的便當。啊呀啊呀，真是太棒了。他在讀小學高年級時，我每天為他做便當，甚至自嘲說是便當作家，還出過便當寫真書，這種便當生活一直持續到他中學二年級的秋天。他用了當時的便當盒。那是在日本橋的高島屋買的。不知道他是從哪裡找到的，也不知道他在這個便當中，寄託了什麼訊息。

報恩？什麼，這難道是他的報恩？

不，也許真的是這麼一回事。他想起了我當時為他做的事，於是依樣畫葫蘆，回報了身體不舒服，躺在床上休息的我。

回報什麼？想到可能是「恩情」，我的眼淚又快要流下來了。

除了香腸、炒蛋，還有兩個形狀超醜的紫蘇飯糰。他在飯糰中加了紫蘇香鬆。太好吃了。每天的辛苦都值得了。

也許兒子未來可以慢慢學會下廚，然後踏入社會，體會人世的辛酸，時而遭到背叛，時而得到他人的幫助，有時候回想起父親為他做的便當，也為自己的家人做點什麼。

拙著《父親 Mon père》的主角充路可以說是基於我對兒子的期待，所創造出來的角色，我希望他可以成為像充路這樣的大人。懷著這種微小的願望，創作出了這個角色。看著便當盒內裝的料理，似乎寓示了這樣的一絲可能性。既然如此，我也許不要當太完美父親比較好，就像那本小說中的爸爸大治一樣，做一個有點問題的父親。

如此一來，就不會被壓力擊垮，而且孩子也會快速地長大。

俗話說得好：「即使沒有父母，孩子也會照樣長大。」

青春期的兒子訴說了內心的煩惱，爸比該出場了

十月某日。兒子難得走進書房對我說：「爸爸，我內心有個煩惱，你可以聽我說嗎？」

「什麼煩惱？」

我放下手邊的工作，轉頭看著兒子。

「我的身高不長了，從去年開始，只長了半公分。我以前是全年級最高的男生，暑假結束回到學校之後，就變成倒數了。」

「他們突然長高了嗎？提波和西蒙不是還像小孩子嗎？」

「他們現在已經比我高了，可能法國人從十六歲開始長高，日本人長到十六歲就不長了。」

「哪有這種事？只要願意努力，二十歲之前都可以長高，而且你已經一百七十五公分了，這樣還不夠嗎？」

「但是，有些女生也比我高，我為這個問題傷透腦筋。」

「既然這樣，你就要多吃小魚和肉，也要喝牛奶。」

兒子最近不喜歡吃肉，整天都吃魚。他是個左派青年，似乎很排斥吃肉。

雖然他希望長高，但一下子減肥，一下子又偏食……完全搞不懂他在想什麼。

「我希望再長五公分。」

「這個煩惱真奢侈，那爸爸怎麼辦？」

「你已經年過六十了，即使矮一點也沒關係。」

理智線斷裂。

「還有，我最近掉頭髮很嚴重，擔心得睡不著覺，後腦勺都感覺涼涼的。」

我站了起來，檢查了他低下頭的後腦勺，他的頭髮比我濃密多了。說句心裡話，我真心搞不懂他在煩惱什麼。

「沒什麼問題啊，我覺得很正常。」

「不，有問題，托馬和羅曼都說我的頭髮變少了。」

「你腦袋有問題嗎？他們是金頭髮，頭皮和頭髮是同色系，但其實他們的頭髮比你還少。你是黑髮，而且頭髮很硬，所以會清楚看到頭皮，才會感覺好像頭髮變少了，但完全不必在意。」

「我想去土耳其。」

「土耳其？為什麼？」

「聽說那裡的植髮技術很厲害。」

我忍不住笑了起來。

因為我還是高中生時，也曾經有過同樣的煩惱。

於是我就對著頭頂稀疏的父親叫囂，說如果我遺傳了他的禿頭，他要負責。

在我年輕的時候，覺得身高和髮型比成績更重要。

我讓兒子坐在書房的沙發上，把當時的情況告訴了他。

「你現在看看，我都六十一歲了，沒有染頭髮，頭髮也沒掉。雖然白髮越來越多，但完全不礙事，不是嗎？」

「爸爸已經上了年紀，所以無所謂，而且也沒有人會看你。」

太讓人火大了。

「我接下來還要談戀愛，個子長不高、頭頂又稀疏的話，才是真的攸關生死，是很迫切的問題。」

「你書讀到哪裡去了？不要說這種對不起祖先的話，爺爺會在墳墓裡流淚的。」

兒子沮喪地低下了頭。

但這是青春期特有的煩惱，我認為沒關係。

兒子是左派青年，也是早熟的孩子。

他無論難過還是悲傷，都會拚命忍耐。

他從來沒有在我面前吵鬧過，只要我說不行，他就會忍耐。

我曾經告訴他，如果覺得難過，可以好好地哭。

但是，至今為止，兒子只哭過一、兩次。他一定曾經遭遇難過的事，但幾乎不在我面前流淚。

所以我一直很擔心他，當知道他在為身高和頭髮的事煩惱，我頓時高興了起來。這是很正常的事。

「爸爸，我還有另一個煩惱。」

「還有什麼？」

「嗯，我今天午餐自己做了炒飯，但一點都不好吃，所以如果爸爸有空，我想請你教我怎麼做出好吃的炒飯。」

「啊？小事一樁。那現在就教你？」

「嗯。」

於是我們一起走去廚房，我要教他做世界上最好吃的炒飯。

兩人打開冰箱，一起尋找食材。

雖然冰箱裡沒有肉，但冷凍庫有蝦子，蔬菜室有蔥。我們把洋蔥、大蒜和雞蛋拿出來排成一排。

我問了兒子炒飯的步驟，發現他鹽的份量和調味略有問題。

原來如此，難怪做出來的炒飯不好吃。關鍵在於加鹽的份量，和人生一樣，加鹽的時間點很重要。

打開瓦斯爐，把平底鍋放在瓦斯爐上，倒了油之後，將蛋炒至半熟，然後放在一旁。接著，再倒入稍多的油，把蒜泥和辣椒加入爆香。

將去除泥腸的蝦仁切碎後，連同切碎的洋蔥和蔥花一起放進平底鍋。等蝦仁炒至變紅，加入白飯，炒至鬆散，再加入魚露、醬油、昆布茶、雞湯粉和胡椒鹽調味。在控制火候的同時充分混和，把一旁的蛋加入，轉大火，加入少許麻油後熄火裝盤，就大功告成了。

冰箱裡有昨天剩下的毛豆，於是加入一些來點綴。兒子用湯匙舀了一口放進嘴裡，露出滿面笑容，小聲地說：「好吃。」

他似乎順利長大了。真是太好了。

兒子問我，家庭是什麼？

十一月某日。雖然正在封城，辻家吵吵鬧鬧，父子保持若即若離的關係，日子也還過得去。

至於升學的問題，就交給佛朗索瓦老師。老師之前也回覆我說：「你不必擔心，交給我來處理。」所以我就完全放手，但問了兒子之後，發現老師似乎還沒有和他詳談。

因為疫情的關係，大家都很累，只能多花一點時間，慢慢解決這個問題。我決定帶著這種想法靜觀其變。

今天教了兒子簡單的料理之後，他在大快朵頤時，說有事想和我討論。

「什麼事？」

「爸爸，家庭是什麼？」

喔喔，真傷腦筋。原來要問這個問題⋯⋯

「嗯，應該是全世界最輕鬆自在的地方。」

兒子陷入了思考。我提醒自己，不能亂說話。

「我上網查了一下，說是有血緣關係的人，或是結婚後組成的集合體。」

「是啊，但不光是這樣而已。」

「有些網站說，家庭就是遇到困難可以相互幫助，有精神上依賴的關係。」

「嗯，的確，但不只是這樣。」

「爸爸，我和你算是感情牢固的家人嗎？」

「當然啊。」

「所以家人就是有時候相互束縛，有時候相互扶持嗎？好像有一根繩子把家人綁在一起，時而讓人不自由，時而又可以成為救命繩。是不是這樣的關係？」

「這個切入點很不錯。像你不是偶爾會覺得爸爸很煩，但我在你身邊的時候，依然會覺得很安心嗎？也許就是這種感覺。」

「嗯。」兒子表示同意。

「對我來說，家人就是爸爸……如果和我別人結婚，那個人就是我的家人嗎？」

「嗯，差不多就是這樣，現在有對象了嗎？」

兒子立刻裝傻說，現在沒有，但我猜可能有？

「你才十六歲。」

「嗯，但是我想知道家庭到底是什麼。」

「這是好事，我認為家庭很重要。家庭就像是空氣，只要存在於那裡就好。因為每個家庭的情況不同，並沒有固定的形式，也沒有規定非要怎麼樣不可，不需要墨守成規，有ＬＧＢＴ家庭，有像你和爸爸一樣，是世界上最小單位的家庭，也有二十個人左右的大家庭。即使不結婚，或沒有孩子，世界上一定有各式各樣的家庭，建立起家人的關係。」

「我瞭解。我知道有各式各樣的家庭，也有像爸爸和我一樣奇怪的家庭。」

「對啊。」

「我認為家庭是讓人安心的地方，這樣的理解正確嗎？」

「我認為是這樣的，就像是故鄉一樣。」

「我雖然是日本人，在法國出生，但和日本的歷史、文化有密切的關係。所謂故鄉，就像我喜歡煎蛋和味噌湯嗎？」

「正是如此，但我認為爸爸做的料理就是你的故鄉。」

兒子露出微笑。他似乎覺得有道理。

「家庭是慢慢形成的，家庭成員來自不同的地方，然後漸漸走到一起，雖然不一定會說出口，但是會相互感謝。像是說『我先吃了』、『謝謝』、『晚安』，還有

『我回來了』，或是『我出門了』都是在表達內心的感謝。」

「嗯，爸爸認為這是你最不足的部分，爸爸不是都會對你說這些嗎？像是對你說早安，這種時候，你不是也應該對我說早安嗎？」

「正因為是家人，所以才不回答啊。家人不就是不說出來也無妨的關係嗎？」

「原來如此。」

我忍不住笑了起來。因為我認為他說的很有道理。

「家人就是可以說真心話的關係。」

「沒錯，家人就是可以無話不談。」我說。

「應該說是很自然的關係。爸爸向來都說真心話，我從來不曾為爸爸費過神，爸爸，你也沒有為我傷過神吧？」

喔，這就錯了，我整天都在為他費心。但是，這句話不能說出來。

「啊哈哈。」我輕聲笑了起來。父親和兒子果然還是有點不一樣，只不過不需要向他說明。

「但是，你為什麼突然問家庭的事？」

「沒什麼……只是覺得家庭很不錯。」

「為什麼會有這種想法？該不會有理想的對象？」

「沒有。」

空氣陷入一片安靜。

「如果有朝一日，你決定和某個人結婚，要一起共度終生，就可以有最小單位的家庭。我認為這樣就足夠了。你有爸爸，對方也有父母。如果生了孩子，家庭成員就會增加。」

「萬一離婚呢？」

「不同的人情況不一樣，因為有各種各樣的家庭，即使有血緣關係，有些人反目成仇，有些人即使沒有血緣關係，但也建立了可以稱之為家人的關係。」

兒子不知道在想什麼。

我默默等待他的下文。

「我想，我以後會成家，希望能夠為了別人而努力。」

「很好啊。」

「但目前還沒有對象，因為我才十六歲。」

「不必著急。」

「嗯。」

我們的談話到此為止。

兒子準備回學校上課了。雖然我們意外聊了很多，但並沒有觸及核心。這是一輩子的課題，只要慢慢深入就好。

兒子背起裝滿教科書的背包，走到正在收拾餐桌的我面前，難得對我說了一句：

「我出門了。」

「路上小心。」

我也對他說了這句話，然後送他出門，像家人一樣……

和兒子促膝相談的夜晚，我又哭了

十一月某日。又迎接了對決的時間。我多年的夢想——線上私塾「地球學院」順利出航了，精神上終於有餘裕和兒子討論未來升學的問題了。

之前總是在晚餐時間，不理會他的頑固性格，簡短地聊上幾句，從某種意義上來說，他面對這個問題也始終處於消化不良的狀態。

前天，我特地走去兒子的房間告訴他，星期六完成一項重要的工作後，想和他聊一聊。這種故弄玄虛的說話方式必定對兒子的心理造成了影響。我可以明顯感受到他內心的緊張。

今天，我在完成重要的工作後泡了茶（還帶了茶點），敲了敲兒子的房門。托盤上的茶是為了表達爸比強大決心的小道具。

「我如約來與你聊天了。」

「嗯，好喔。」

兒子拿下耳機站了起來。

我坐在椅子上，兒子坐在床上，我把茶放在地上。

「既然已經泡了茶，就先喝茶吧。」

父子兩人很不自在地喝著茶。兒子比平時更乖巧。

我感受到他做好了某種心理準備，我事先通知，說有話想要和他聊一聊的做法果然很有效。

我把茶放在托盤上之後開了口。

「我想和你談一談升學的事。你應該知道，爸爸這樣面對面和你認真說話，是很特別的事。但是，這件事真的很重要，因為目前這個階段是對你日後在法國生活最關鍵的時期，所以我認為我們必須推心置腹地談一談。」

兒子喝著茶，冷靜地聽我說話。

首先，我向他說明，疫情不知何時才會結束導致全世界的不景氣，對身為日本人的兒子，要在法國這個社會成家立業，是很大的挑戰。同時又結合具體的例子告訴他，法國的音樂人生活有多麼辛苦。

我告訴他，以律師為目標考上證照，擁有一技之長，才是正確的選擇，並且叮嚀他，在這個基礎上，既然他在音樂方面有才華，就不需要放棄，可以將它作為興趣持續下去。

兒子聽我說完後，難得順從地說：「我知道，我也打算這麼做。」

我聽了有點洩氣。

我以為是茶和點心作戰奏了效。

兒子的想法一直在搖擺，一下子說想當律師，一下子又說要當音響工程師，過一陣子又說決定不選修數學和物理，沒多久又說要以律師為目標……但是，他真正想做什麼很重要，如果他有不顧我的反對，也想要堅持的事，我不會否決到底。

但是，他目前還沒有明確的信念或是展望，所以我確信不應該強迫他接受腳踏實地的未來。

在我說服他的期間，他自始至終看著地板，沒有吭氣。

「你有什麼想法？」

我問他，他才終於抬起頭，然後說了一件令人驚訝的事。

「前天班導師找我去討論了這件事。」

「佛朗索瓦老師嗎？她怎麼說？」

兒子告訴我，他字斟句酌地把自己選擇的科目、自己是日本人，所以認為在這個國家建立資歷很重要，除此以外，還把我的意見都一五一十告訴了老師。

班導師當然也很瞭解兒子正在從事音樂活動，因為他是校慶時的明星。他和老師在把所有這些要素都放在天秤上衡量後，一起討論升學的問題。

「老師怎麼說？」

「老師說，完全能夠瞭解你的不安。」

「然後呢？」

「老師說，我有實力可以讀法律方面的大學，但是她知道我對音樂懷抱的熱忱，所以說放棄音樂也很可惜。」

我感到無力。

「也許是這樣。」我不想再繼續聽下去，於是打斷了他的話。他的班導師似乎和我有不同的看法。為什麼？我感到有些失望。

「這樣啊，這很不像是被稱為魔鬼佛朗索瓦的想法。」

雖然我這麼說，但我自己必須冷靜一下。沒想到兒子又說：

「其實我也和朋友討論了這個問題。那些全是爸爸不認識的人，像是走音樂這條路的學長或是音樂人，以及學校負責升學指導的老師，還有莎拉、羅勃特、亞歷克斯也都討論了這個問題，但是目前是職業音樂人的朋友提供的意見對我最有幫助。」

「他們怎麼說？」

「其中一個音樂人喬對我說，爸爸的意見最有愛。」

我驚訝不已，同時鬆了一口氣。

兒子認識的那些音樂人都是嘻哈歌手或是節奏口技方面的半職業音樂人，從某種意義上來說，都是法國未來的接班人。

原本以為在他們眼中，我必定是個壞人，沒想到竟然說我有「愛」。

「喬對我說，以法國目前的狀況，無法靠音樂維生，以後當律師、領高薪，是對我最有利的未來。」

「這樣啊，這位學長人很好，那你決定怎麼做？」

「我也同意他的意見，所以打算讀法律的大學。」

我在內心做出勝利的姿勢。兒子低著頭補充說：

「但是，我有一句話要說，我希望爸爸認真聽我說。」

「我當然會認真聽，你說吧。」

「爸爸，班導師說，只要我用功讀書，可以考進法律的大學，我也會以此為目標。如果這樣可以養活家人，如果只有這個選項，那我就以此為目標，但是我想說一句話，我對從事法律工作缺乏熱忱。」

他之前就曾經這麼說過，於是我對他說：「你聽我說，大部分上班族並不是一開始就對工作充滿熱忱，可能是為了養家餬口，或是需要薪水等這些生活方面的原因，每個人的理由都不相同，許多人都是為了生存，才決定考上一個好學校，熱忱都是之後才慢慢培養起來的。」

「我知道。等一下，我還有一句話要說。」

「什麼話？」

「之前也說過好幾次，我並不是想成為音樂人，而是想讀音響工程的學校，以後當工程師。如果能夠靠音樂養活自己當然很好，但我喜歡幕後工作，所以想讀音樂工程相關的大學，然後從事電影、電視方面，或是在演唱會現場工作。你知道為什麼嗎？」

「……」

「我想告訴你一件事。我們兩個人相依為命之後，我經常會跟著你去各地工作。有時候是電影的拍攝現場，有時候是在日本或是法國的演唱會會場，之後也因為你的介紹，曾經短暫在日本文化會館的音樂廳實習。我從小就對爸爸的工作耳濡目染，不知不覺中，希望自己能在相同的世界裡工作，也想從事這方面。但是，我這個人好勝心很強，所以從來沒有請爸爸教我音樂，全都是自學的，這些音響方面的技術，都是靠自己獲得。在這個過程中，我發現自己真的熱愛音響方面的工作。因為這些年來，一直看著爸爸的背影，所以發自內心希望自己也能走這一行。我個性比較文靜，也很不起眼，不適合在舞台上表演，但是，我熱愛音樂，對讀音響大學充滿熱忱，可惜並沒有讀法律大學的熱忱。但是我知道，爸爸是因為愛我，才會擔心我沒有一技之長，在這個國家會無法生存，所以身為兒子，也許聽你的意見比較好。雖然我仍然舉棋不定，但有一半已經放棄了，不停說服自己必須這麼做。當我日後開始從事法律工作時，或許會認為那是我的天職，但是我還在猶豫，希望爸爸能夠瞭解這一點。」

老實說，我在內心又流下了眼淚。我當然不會在兒子面前哭，但這是他第一次承認，我的工作對他產生了影響。

我低頭看著自己的雙腳，小聲對他說：「給我一天的時間思考。」

當我思考對他而言的幸福是什麼時，突然不知道什麼才是最佳的選擇。

「我瞭解你的情況了，所以會和你一起思考，我打算和朋友中的大學老師、導演還有職業音樂家討論一下，明天這個時間，我們再繼續聊聊，可以嗎？」

「好。」

我站了起來，兒子也站了起來。

我們的討論暫時告一段落。

兒子說要外宿，我的理智線再次斷掉的聖誕節

事件發生在十二月二十三日晚上。我正在準備晚餐，兒子走了過來，敲了敲門。他每次「敲門」，必定會提出驚人的要求。

我轉頭看著站在門口的兒子，馬上猜到有狀況。

「可以打擾一下嗎？」

看吧，我就知道有狀況。我必須提高警覺。

「除夕那天，我可以去安娜家住嗎？我們這些朋友都要去她家守歲。」

「不行。」

這當然不行啊。我只說了這兩個字，什麼話都說不出來了。兒子明明知道我會這麼回答，還跑來問這個問題。這件事讓我理智線斷裂。

兒子站在門旁。

他的這些朋友中，很可能有無症狀的確診者，他們要一整晚都睡在大通鋪。我曾經在這份日記中多次提到，安娜的父母是高中老師，之前我都同意兒子住在他們

家。安娜也是一個聰明的孩子，年幼的姊妹都很善良，他們家並沒有問題。但是，「不行」這個回答是不需要說明的事實。雖然我同情兒子，但不能同意。

「你自己想一想，就知道不行。外面的確診人數這麼多。」

我知道這些法國孩子的青春歲月多痛苦。

他們正是愛玩的年紀，卻無法走出家門。而且目前正在放寒假，不需要去學校上課。雖然我覺得兒子很可憐，但我已經不年輕了，不能讓他把病毒帶回家。

「不行喔。」我對他說，他只說了一句「好吧」，就走回自己的房間。

雖然我很對不起他，但還是覺得有些悶悶不樂。

那天晚上、昨天平安夜，還有今天早上，兒子都愁眉不展。平時我對他說早安，他本來就不會應聲，但這幾天又變得更加鬱悶了。

就連昨天和瑪儂、尼古拉開心聚餐時，他也用手遮住臉，露出苦惱的樣子，而且還不停地嘆氣……

尼古拉的媽媽問他：「怎麼了？還好嗎？」我知道其中的理由，只能移開視線。

兒子皮笑肉不笑地看著尼古拉的媽媽掩飾心情，但幾乎沒吃什麼東西，就回自己的房間去了。

這也是無可奈何的事。法國在解除封城之後，疫情再起，確診人數不斷增加，每天的確診人數超過兩萬人。照此下去，很可能會再次封城，而且英國又出現了變種病毒，歐洲陷入一片恐慌。丹麥已經確認發生了社區感染，疫苗雖然通過核准，問題是不知道它的效用能夠持續多久，帶來多少希望。

現在正是容易鬆懈的時期，所以必須努力嚴陣以待。我能夠理解兒子想和大家一起倒數計時迎接新年的心情，但是今年絕對無法同意。

兒子應該很想說：

「你自己可以找尼古拉、瑪儂他們來家裡吃聖誕大餐，為什麼我不能去安娜家和朋友一起過新年？」

每次他們去安娜家時，都有十個孩子聚集在安娜的房間，一起熬夜到天亮，大家都帶上睡袋去她家，然後睡在一起。我也曾經為兒子買了一個睡袋，但是這些孩子在通風不良的房間內慶祝，感染的機率太高了，尼古拉和瑪儂來我們家吃聖誕大餐只有兩、三個小時而已，這兩件事根本無法相提並論。

兒子雖然也很清楚這件事，但仍然抱著一線希望來問我。

在法國，很多小孩子的心理都出了狀況，小孩子自殺的人數也在漸漸增加。這件事更成了社會問題。

雖然並不能將所有的原因都歸咎於疫情，但疫情的確是導火線。整個世界突然發生了如此巨大的變化，有很多人對眼前的狀況感到悲觀也是理所當然的。

我打算今天晚上，和兒子好好談論這個問題，關心他一下。

不能只說「不行」，而是必須充分溝通，讓他能夠心服口服，同時，也要帶給他一絲希望。

今天是聖誕節，一大早就聽到教堂的鐘聲響徹天際。

希望上天能夠聽到人們的祈禱。

2021

兒子十七歲

兒子英文考試不及格，無法對他生氣，結果反遭同學媽媽數落

一月某日。我發現了一件驚人的事。

這段時間，每天都要和兒子學校的老師視訊通話，所以我從家長和學校聯絡網站進入兒子的頁面時，發現新年的考試成績已經公布。所有科目的成績都不錯，但是我的眼睛緊盯著最後的英語成績。

什麼——！

那是我以前從來沒有看過的分數。雖然不是零分，但也只是低空飛過，簡直是即將降落的狀態，接近不及格的分數。太奇怪了。他的英文明明很好，我以為搞錯了，於是問了學校，結果得到了「很遺憾，這是事實」的回答。

啊啊啊啊啊啊啊啊啊！這種分數考不上任何大學，根本別想進他第一志願的法科大。爸比大受打擊，倒頭去睡覺了。

兒子回家吃午餐，但不知道怎麼問他，只能繼續裝睡，甚至沒有為他準備午餐。

聽到敲門聲。

「爸爸，午餐呢？」兒子問。

「今天沒有午餐。」

「沒有午餐？為什麼？」

「櫃子裡有泡麵。」

「OK。」

兒子回學校之後，我覺得如果不找人商量一下，就無法安心，但是事後證明，找那些法國媽媽討論是一大失策（早知道應該找個性溫和的日本媽媽商談這件事）。因為關係到兒子的成績，所以我沒有在群組中詢問，而是私訊給兒子同班同學的媽媽蕾蒂西亞和奧戴爾討論。

「什麼？那要不要介紹家教給你？」蕾蒂西亞說。

「但是英語這門科目，即使現在開始用功，可能也來不及了。英文成績取決於小時候學了多少英文，現在惡補也太晚了。」奧戴爾說。

「你有沒有問他，為什麼會考這麼差？」蕾蒂西亞問。

「我覺得你太寵兒子了。如果是其他父母，看到自己的孩子考這麼差，一定會勃然大怒，但是以我的想像，你是不是根本沒罵他？你有罵他嗎？」奧戴爾問。

「如果你只是默默觀察，孩子的成績是不會進步的，家長必須引導孩子。」蕾蒂西亞說。她們說的完全正確，所以我完全無法反駁。

「歸根究底，就是他太任性，你也太寵他了。」奧戴爾說。

雖然因為是朋友，她們才會提供這麼嚴厲的意見，但是每次看到這些訊息，我就非常火大，這種憤怒又會轉移到兒子身上，導致我更不想起床了。

傍晚，兒子若無其事地回到家。我當然還沒有準備晚餐，但是不能讓他餓肚子，而且我自己也飢腸轆轆，於是走去廚房，從冰箱裡拿出肉和蔬菜開始做晚餐。我不知道自己在做什麼，只是胡亂做一些可以填飽肚子的東西。因為實在提不起勁，結果端上桌的是連我自己都不知道是什麼的料理。

兒子的食欲很驚人。可能是因為中午只吃了泡麵的關係，很快又添了一碗飯。我今天煮了兩杯米，結果竟然都被吃完了。真是太可怕了。

「我問你一件事，」在快吃完飯時，我開了口，「英語怎麼會考得那麼差？」

我自認為語氣很緩和。

「喔，那是因為我沒有正確理解題意，所以論述的方向完全錯了，但是我已經向老師說明了這個問題，老師也瞭解了。」

「但是，你的分數低於其他同學的平均分數，其他人都能夠正確理解，你不覺得不太妙嗎？」

「嗯。」兒子停下了筷子。我想起了奧戴爾說的話。

「我覺得你太寵兒子了。如果是其他父母，看到自己的孩子考這麼差，一定會勃然大怒，但是以我的想像，你是不是根本沒罵他？你有罵他嗎？」

腦海中也浮現了蕾蒂西亞的話。

「如果你只是默默觀察，孩子的成績是不會進步的，家長必須引導孩子。」

可惡。我忍不住咂著嘴。我和兒子眼神交會。

「要不要請家教？」

「沒必要。」

「但是你的成績慘不忍睹。」

「我會靠自己補救，這次只是題目理解錯誤。」

「有些事無法只靠自己完成，你這種成績，根本考不上大學。」

兒子把筷子放在桌子上。

「但是學校不是有老師嗎？我每個星期都和英語老師對談三次，老師提供了很多建議，態度也很積極，如果請家教的話，不是很對不起老師嗎？」

「哪有什麼對不起？這些道理不重要，結果決定了一切。」

「我之前西班牙文也很差，現在不是名列前茅嗎？我的西班牙文都是靠自學，英文也可以。」

「爸爸並沒有說不可以。」

「我吃飽了。」兒子馬上站了起來，氣鼓鼓地離席。不一會兒，就聽到不遠處傳來「砰」的關門聲。

在奧戴爾和蕾蒂西亞家，遇到這種狀況，爸爸就會起身抓著孩子教訓一頓，但是我做不到，也不想這麼做。她們說的沒錯，「歸根究底，就是他太任性，你也太寵他了」。我獨自坐在飯廳思忖。

每次遇到這種事，就會為自己是單親爸爸感到著急。雖然明知道是無可奈何的事，但是奧戴爾和蕾蒂西亞說的沒錯，我太溺愛兒子了。因為我覺得兒子的處境很可憐，所以很想多寵愛他一點。而且他也在用自己的方式努力，即使考不上一流的大學也沒關係……

「你看吧，果然很寵他。你死了之後，這個孩子要如何在法國這個社會生存？即使回日本，他的日文也說得不夠好，還不會寫漢字，能夠做什麼工作？仁成，你太寵他了，等他長大之後就會吃很多苦。你知道嗎？你這個爸爸真的不行。」

這是我的心聲。但今天就先到此為止。這不是抱怨，我也沒有放棄，只是有點累了。人生中，也會有這種日子。

別看他那樣，兒子其實很怕孤單與寂寞，原本以為我為了逃離疫情想去鄉村生活，他一定會反對，所以為了該如何向他開口傷透腦筋。但是我在吃晚餐時，下定決心要認真跟他說：

「我真心想離開巴黎，等你考上大學，你可以搬去大學所在的城市，我想搬去鄉村生活，你覺得怎麼樣？疫情可能不會這麼輕易結束，爸爸也不年輕了。」

「已經很不年輕了。」

「我才剛滿四十七歲。」

兒子朝實際上六十一歲的我翻了個白眼。

「你明年就要考大學了，一年之後，你就是成年人了。」

在法國，十八歲就已經成年。

我回顧從他小學高年級開始，獨自把他撫養長大的這段日子，忍不住眼眶泛紅。不知道是否因為年紀的關係，最近淚腺特別發達。

兒子聽完露出了苦笑。

「這些年來，我就像拉馬車的馬，沒日沒夜地投入創作，考慮到往後的人生，覺得一邊擔心疫情，一邊在大都市生活太累了，所以我想搬去鄉村。尚．考克多之前不是也這麼做嗎？」

「你竟然把自己與尚．考克多相提並論，也太自抬身價了。」

「雖然我不知道你會讀哪一所大學，但不一定是在巴黎，反正我們會在不同的地方生活，所以我打算從現在開始準備，爸爸想要找一找未來適合生活的地方，這樣你瞭解嗎？」

兒子放下筷子，目不轉睛地看著我的臉說：

「這樣很好啊。只要你不回日本，繼續住在法國，無論你住在哪裡都沒關係，只是希望你住在萬一出什麼狀況，我可以馬上趕去看你的地方，如果你回到日本，不小心得了新冠，而且變成重症，我就見不到你了。」

「這樣啊，ＯＫ，我當然會留在法國。」

「但是，你要從什麼時候開始搬去鄉下？」

「我希望在你展開大學生活之前找到，所以現在就要開始找。」

「但是，你有這麼多錢嗎？」

「必須要向銀行貸款，爸爸今年四十七歲，如果年紀再大一點，銀行可能就不願意貸給我了。」

「你是六十一歲。」

「所以更要抓緊時間呀，大不了就申請二十年左右的貸款。」

「那你不是就得活到八十一歲嗎？」

「我不可以活到這個歲數嗎？」

「等我工作賺錢之後，就由我來接手付貸款，你覺得怎麼樣？」

「我不可以活到這個歲數嗎？」

嗚嗚，眼淚又要忍不住了⋯⋯

「別擔心，爸爸沒有欠任何債，一定可以解決這個問題，不會給你添麻煩。」

「總之，離開巴黎是個好主意，其實之前就很擔心，因為我覺得疫苗的進展可能不太樂觀。」

「儘管希望疫苗成功，但也不能抱太大的期待。」

「是啊，雖然我打算接種疫苗，但在充分進行臨床試驗，確定疫苗安全之前，我還是先緩一緩，不知道要等幾年，爸爸，你最好也先別急著接種，在接種疫苗之前，可以先躲去安全的地方。因為變種病毒可能會超乎我們的想像，目前所有國家的政府都束手無策。」

「嗯，我知道。」

我拿出手機，給兒子看了幾張在房屋仲介網站上找到的幾棟房子的照片，有些在山上，有些靠近海邊，還有在離巴黎一個小時車程的小村莊……巴黎的房價太貴，實在買不起，但如果是鄉下地方，應該總有辦法的吧……

這時，兒子突然笑了起來。

「不錯啊，雖然每棟房子都很破舊，如果你要重新裝修，我可以幫忙。」

「真的嗎？爸爸打算親自刷油漆，自己動手弄一個廚房。」

「啊？所以你自己把書房門口的玄關處刷了油漆嗎？」

「你怎麼知道？」

「因為我放學回家準備去拿書時，發現刷子和油漆丟了一地，但看起來慘不忍睹，不像是工人刷的，我還在納悶是怎麼回事。」

「啊哈哈，反正那裡會因為漏水重新粉刷，所以就當作練習嘛。」

「刷得也太醜了。聽我一句話，即使花錢，也一定要找人來刷。」

好吧，我得重新考慮刷油漆的事，但兒子也認為我現在最好不要繼續留在巴黎。出巴黎記計畫在家庭會議上獲得多數贊成而通過了！呀吼！

雖然必須依自己的存款來決定預算，但是接下來要思考的問題很多。像是買在哪裡，哪些方面可以妥協，還有規模、屋齡等問題，越是偏遠的地區，房價越便宜，而且也更安全。即使是鳥不生蛋的地方，只要有光纖網路，就可以寫日記，也能夠經營「地球學院」。我的生活不鋪張，日子應該過得下去。

去年三月開始，政府就持續發布緊急事態宣言、宵禁、封城等各項措施，至今仍然沒有解除，完全無法瞭解日後的發展，我想曬太陽，也想大聲唱歌，巴黎的生活太灰暗了。

雖然我的法文很破，但船到橋頭自然直，何況我會英文，生活想必不會有問題。即使房子很小，只要稍微動動腦筋，讓兒子也有地方可以住幾天就好。有時候我總忍不住想，這個移居計畫本身或許只是我的幻想。

兒子大學畢業之前，我有身為父親的責任，希望盡可能陪伴在他的身旁。無論住在南法或是和瑞士邊境的交界處，一旦有任何狀況，我都能夠開車趕回來，只要十個小時，就能夠回到巴黎。

我可以享受陽光，忠於自己過日子。

自由有時候也會感到不自由，但那種孤獨或許會讓人很開心。

我在工作的空檔，會深深靠在椅背上，想像新的生活。雖然為了活得更像一個人，必須放棄都市的便利性，但是我不需要奢侈，無論如何，明年秋天，出巴黎記的計畫應該可以完成。

兒子十六歲的最後一天，爸比很煩惱

一月某日。兒子中午從學校回家後問我：「有我的護照嗎？下午要進行全國模擬考，需要身分證，我要用到護照。」

我找了一下之後交給他，在他接過護照時，我對他說：「這是僅次於你生命的重要東西，一旦遺失，事情就大條了。」

「我知道。」

「你放學一回家，就要把它交還給我。」

不知道為什麼，我感到心浮氣躁。當然是因為疫情的關係。

世界這麼紛擾，兒子卻嚴陣以待地準備考大學。

疫情讓未來變得不透明，為什麼還要舉辦模擬考試？我這麼想，但考慮到現今的孩子必須活在這個不透明的時代，心情就更沮喪了。

我在兒子那個年紀時人住在函館，和朋友一起組了樂團，整天在各地到處跑。現在這些孩子，明明處在愛玩的年紀，卻整天被關在家裡無法外出。

兒子明天就十七歲了。

其實我目前最大的煩惱，就是要怎麼為兒子十七歲的生日慶祝，以及到底要不要為他慶生。

我們父子兩人相依為命已經邁入第八年。光陰似箭，當年的小蘿蔔頭竟然長到十七歲了！因為疫情的關係，明天無法為他舉辦盛大的慶生會。

往年他生日的時候，同學的媽媽都會來幫忙張羅，然後邀請他的好朋友一起參加生日會，但今年因為疫情還很嚴重，兒子沒有跟我說想辦慶生會，我也無法提出這個要求。

嗯，爸比很傷腦筋，而且，我還沒買生日禮物！

兒子經常惹我生氣，但一輩子只有一次十七歲生日，我還是想送他點什麼……我突然想不起剛離婚的那些年，都是怎麼幫他過生日的，於是，找出了硬碟，沒想到我當年竟然為他安排了盛大的慶生會。

我有一個朋友是居合道的老師，我想到可以邀請他和他的徒弟為小孩子表演武士決鬥，於是就租用了某個體育設施內的室內球場，邀請兒子班上的同學等很多小孩一起觀賞，成了一場熱鬧的慶生會。

松浦老師是住在巴黎的一位親切武士，不僅教我武士決鬥，我也曾經跟著他學合氣道，他還在我的演唱會上伴舞過。

慶生會那天，松浦老師一身武士打扮，表演了精采的劍術，小孩子都樂壞了！最後所有人排成一行，大家都變成了武士。接著，大家一起切蛋糕、吃蛋糕，唱生日快樂歌，鼓掌慶祝，我和兒子帶了很多禮物回家。

那次之後，我每年都安排了不同主題的慶生會。但他在升上國三以後對我說，不想再辦慶生會了，然後又說不需要再為他做便當了，但要求增加零用錢的金額。啊哈哈。

兒子回學校上課之前，我不經意地問他：

「明天啊。」

「嗯。」

「我沒有任何計畫，你有什麼想吃的東西嗎？」

「沒有。」

「蛋糕呢？」

「嗯，好像不需要。」

「禮物也不需要嗎？」

「需要。」

原來還是需要禮物。我笑了。

「所以明天啊，如果你想要什麼東西，只要不會太貴，我可以買給你。」

「真的嗎？」

「因為現在沒辦法辦慶生會，如果你想要什麼就告訴我。我可以網購，只不過可能沒辦法馬上寄到。」

「ＯＫ。」

我們的談話就到此結束，但明天完全沒有任何活動，似乎也太冷清了。還是做一個蛋糕？算了，我平時就會做蛋糕，更何況他討厭甜食，不會因此感到高興。雖然想做點什麼好吃的食物給他，只不過我本來就經常做美食，他不會覺得有什麼特別的。

我猜想這些都無法打動他，那就一切如常吧……對他而言，是一輩子只有一次的十七歲生日。爸比很希望可以成為他內心小小的記憶點。

明天到底會是怎樣的一天呢？

十七歲

一月某日。半夜十二點過後，我走去兒子房間，準備祝他「生日快樂」，沒想到他房間已經熄燈了。

為了迎接考大學，最近學校的模擬考試不斷。他這個人做事很認真踏實，所以便早早睡覺，為明天做準備。那就睡醒之後再說，但如果我自己明天早上起不來，就只能等到傍晚才對他說「生日快樂」，於是就在一張印了他小學時代照片的影印紙上寫了祝賀的話，貼在玄關的門上。

但是，我還沒有買禮物。雖然他說不需要特別慶祝，但至少應該為他準備禮物。

下著小雨的巴黎午後，爸比出門尋找時下十七歲的年輕人可能會喜歡的禮物。

我完全不知道十七歲的年紀會喜歡什麼東西。於是我在公園時，同時發了訊息給其他同學的媽媽，如今也成為我的朋友，和她們討論該送兒子什麼禮物。

「託各位的福，兒子今天十七歲了，我想買禮物送給他，但完全不知道該買什麼，請各位推薦我兒子可能會喜歡的禮物。」

我覺得這個方法太讚了。法國的太太們都很喜歡照顧別人，她們看著兒子長大……都自稱是兒子的法國媽媽……

「聖日耳曼德佩區那裡有一家玩滑板的年輕人都很愛的潮店，你去那裡買件夾克或是運動衣給他？他一定會喜歡，我兒子之前也吵著要買！」

兒子班上同學的媽媽太厲害了，幫了我大忙。

我立刻衝去那家店，和一看就知道平時在街頭打滾的店員討論了一下，買下一件帥氣的防寒外衣和運動衣。兒子絕對會滿意。

晚餐怎麼辦呢？我開始思考下一個問題，最後覺得直接問他比較快。我用

WhatsApp傳訊息給他。「晚上想吃什麼？今天是你生日，無論想吃什麼都沒問題。」他回了訊息「章魚燒」。

喔，要吃章魚燒啊！章魚燒、章魚……這次走關西風啊。十七歲的生日吃章魚燒，完全不矯情，很好很好。

於是我去魚店買章魚，又去肉店買生火腿，在起司店買莫扎瑞拉起司，去亞洲食材行買麵衣渣、青海苔粉、柴魚片、韓國泡菜和日本的美乃滋，最後去蔬果店準備買番茄時，看到了眼前有一排今天早上剛到貨的佩里哥產高級松露。太厲害了。

章魚燒是麵粉類食物，材料很省錢，也不需要花太多工夫。既然是值得紀念的十七歲生日，我想為他做一些需要花心思的料理。

我想挑戰平時不會做的事。松露和章魚燒的搭配，或許會碰撞出意想不到的新火花，於是我咬了咬牙，砸大錢買下松露。

這些日子都因為疫情的關係，避免了不必要的外出，沒辦法好好享受生活，今天就稍微大手筆慶祝一下。老天爺，太感謝了。

我決定這次的章魚大餐以加了章魚的普通版章魚燒為主，除此以外，還有莫扎瑞拉起司和生火腿章魚燒、莫扎瑞拉起司和韓國泡菜章魚燒，和黑松露章魚燒。

但是，有一個問題。我找不到章魚燒烤盤。

十九年前，我來法國時放在託運行李的章魚燒烤盤一定躲在家中的某個地方，但無論怎麼找，都找不到它的蹤影。最後一次使用是何時？好像依稀是在兒子年紀還很小的時候。

既然這樣，很可能在地下室。在儲藏室，或者塞在廚房櫃子深處……在找章魚燒烤盤時，不斷想起了林林總總的回憶。兒子出生那一天的事、他第一次去幼稚園的事，以及用章魚燒烤盤做章魚燒給他吃的事。

雖然一路走來，曾經發生了很多事，但是這個孩子長到了這麼大，就是一切的結論。我只要再努力一年，他就可以在法國步入成人。

所以，我這些年也很努力，是不是也該點買禮物犒賞自己？有道理，今天是兒子一輩子只有一次的十七歲生日，即使買一瓶香檳也不為過。

我帶著雀躍的心情去了經常光顧的葡萄酒鋪，買了一瓶有點奢侈的香檳。我知道這是藉口，但有什麼辦法呢？因為十七歲了嘛！哈哈。

不要向疫情低頭！爸比抱著章魚燒的材料、松露和香檳回了家。

回首往事，都只有愉快的記憶，想起許許多多歡笑的日子。兒子小時候的笑容依然烙在心上，如今，他已經十七歲了。

「吃飯囉。」

我像往常一樣叫他。

已經高得不像是我兒子的大個子男孩，慢吞吞從他自己的房間走了出來。

「今晚應你的要求，吃章魚燒大餐！」

「好猛！是正統的章魚燒耶！」

我用長長的鐵籤做章魚燒，兒子拍了很多照片和影片，說要向朋友炫耀。

「做好了，來，你趁熱吃吧。」

「好燙、好燙，啊哇哇。」

他把剛做好的章魚燒送進嘴裡，差一點燙傷，急忙逃進了廚房。我們才剛開始吃，就忍不住大笑了起來。

吃了普通版章魚燒後，又吃了生火腿莫扎瑞拉起司章魚燒，之後，我又做了韓國泡菜章魚燒，最後還有自創的松露章魚燒。松露上桌後，家裡瀰漫著獨特的香氣，太驚人了。

「哇，我第一次吃到這種口味。」

大聲說這句話的不是別人，而是我。嘿嘿嘿。

兒子對松露沒有太大的興趣。喝著香檳，配上松露章魚燒，然後用大音量播放史提夫．汪達和披頭四的生日快樂歌，最為兒子的生日感到高興的不是別人，就是爸比我自己。

鄰居一定知道今天有人生日。我想讓他們知道。兒子十七歲了！

「你這個傢伙，是不是覺得來到人世間很不錯呀？」

我喝醉了，對著兒子無理取鬧。

兒子的朋友紛紛傳訊息給他，祝他生日快樂。我和他一起看這些訊息。他同學的媽媽都傳訊息到我的手機，祝兒子生日快樂。

我們這些日子一路走來，並不是只有父子兩人。兒子在這個國家生活了十七年，身邊被同學和他們的父母包圍，是天底下最幸福的人。即使現階段生活在這個疫情瀰漫的世界……

「因為疫情的關係，不能出去玩，所以正好可以專心準備考大學。太好了，不需要浪費時間出去玩了。」我趁著醉意挖苦道，兒子噗哧一聲笑了起來。

任何事都可以一笑置之。

「爸爸，你現在也不能到處出去喝酒，這是寫下名著的大好機會。加油，期待你的名著囉。」

我們相視大笑。

十七歲。我覺得很動聽。

在宵禁的巴黎，又開啟了新的一年。下一次即將邁向十八歲……

終於買了鄉村的公寓，移居計畫開始！

二月某日。我要在此向大家報告一件事，我終於在鄉村找到了公寓，然後準備簽約購買了。這是猶豫再三後做出的決定，但說句心裡話，其實是因為聽說三月可能會再次封城，才終於下定了決心。

說來遺憾，但我發現在有生之年，新冠疫情可能不會結束，最好的狀況，要經過七十年才能完全消滅。雖然我們生活在現代社會，但目前的有效措施卻和中世紀一樣，就是封城，人類至今仍然沒有消滅新冠疫情的完美手段。雖然疫苗的確能夠成為某種武器，但病毒為了生存，也會持續變種。不難想像，這場沒有終點的追逐賽將會繼續下去。我不喜歡守株待兔地等待這場比賽結束，所以決定自己「變異」。我是鄉村變異株辻。

世界恐怕已經無法再恢復成原來的樣子，我覺得無法再回到二〇一九年以前了。人類必須忘卻原來的世界，站在新的起點上，帶著新價值觀、新的標準，在新的世界生存。

總之，我認為已經無法居住在大城市、受到潮流影響，帶著之前的價值觀繼續生存，至少目前的我不再擁有這個能力了……只想帶著適合自己的幸福，安靜地一步步走下去。

經歷了兩次封城，每次出國、回國都必須自主隔離，不光因為我是單親爸爸，而是身為一個人，已經不想再面對接下來沒有止境的封城、宵禁和緊急事態宣言，於是，我決定改變自己所生活的世界，遠離為了生存必須加快步伐的人群，在人煙稀少的鄉下面對大自然，寂靜地度過未來的日子。雖然無法擁有奢侈的生活，但這或許正合我意。

從每一件傢俱到壁紙的顏色，都完全按照自己的喜好，打造一個我喜歡的世界。真不錯。那裡是我的家，也是我的歸宿。

我認為這個決定很正確。

人口密度需要稀釋。在今後的時代，稀薄更勝於稠密，輕薄更勝於厚實，縮小更勝於擴大，無微不至的小世界更勝於廣大的宇宙，這是時代的需求，充滿野心和欲望攀向顛峰將成為落伍的想法。比起以巨大的成功為目標，我更想要在未來的人生中，持續蒐集不為人知的微小幸福。

我希望和自己周圍的人分享這種新的價值觀，我認為已經邁入了鄉村比大城市更吃香的時代。

巴黎人都和我一樣，開始著手進行「出巴黎記」。

大家都盡量避免和他人接觸，躲進只有最小限度的家人和朋友的世界。一旦許多人離開都市，都市也會成為一個宜居的環境，或許所有人都群聚在某一個地方的時代已經終結了。

相信很多人都開始進行人生的改革，不願意自己整天為了逃避危險而活，在限制下持續忍耐，而是邁向更富有人性的新文藝復興生活。

我暫時會在都市和鄉村之間奔波，但發自內心期待人生轉舵的瞬間。

爸爸，如果我以後成家了，你有什麼打算？

四月某日。上午還是晴朗的好天氣，下午突然下起了雪。下雪？上週末還是氣溫高達二十七、八度的夏天，沒想到隔了一週，竟然就降下了雪，實在太驚人了。廣播節目主持人說這是「異常氣象」，但新冠疫情已經十分異常了，所以下一場雪也不值得大驚小怪。

我用相機拍下經過面前的小孩，晚餐時將照片遞給兒子看。

「我也曾經有這麼小的時候吧。」

聽到他這麼說，我找出了他小時候的照片。

「把照片傳給我，我想傳給女朋友。」

「喔，不錯啊。」

我接連找出了在硬碟中沉睡的兒子照片傳給了他。

那是他五歲、七歲時的照片。

我正在翻譯繪本，長得又高又大的兒子肩膀靠在我書房的門上，笑著對我說：

「她說還想看更多照片。」

「好，我正在工作，等一下找給你。」

「ＯＫ。」

兒子轉身準備離去，我看著他的背影問：

「為什麼要這麼多以前的照片？」

「因為……」兒子轉過頭對我說：「她好像在想像如果我們結婚，變成一家人之後，會是什麼樣的家庭。」

我的心臟幾乎快停了。

「會不會太心急了？」

「我當然知道，但疫情這麼嚴重，我們需要未來和希望。」

呃呃，我的心好痛……

「那倒是。」

「在這個灰暗的世界生存，如果沒有美好的未來，就會被現實給壓垮的。」

兒子面帶笑容。

「爸爸，法國的失業率即將達到百分之十，每十個人中，就有一個人沒有工作。在這樣的時代下，即使大學畢業，將來也未必有保障，但是，人還是有追求幸福的權利。」

「嗯，是啊。」

「每次看著爸爸，這種想法就更加強烈。」

真讓人火大。

「爸爸，所以有家人的陪伴會很安心。」

「嗯，沒錯。」

「我知道我們想這些事還太早了，但是討論建立什麼樣的家庭會讓人充滿夢想，而且可以感受到幸福。在這種無法出門的日子，不是可以在虛構的世界裡想像幸福嗎？」

巴黎從上週六開始進入第三次封城，雖然可以外出，但街上沒什麼人。小孩子都在家中線上學習，無法出門。兒子從星期六之後就沒有踏出家門一步，即使想和住在遠方的女朋友見面也無法如願。學校停課到五月三日，至於未來會如何，必須等到那時候才知道，在此之前，兒子將持續這種地下生活，所以無法說他和女朋友交換以前的照片，想像自己未來的樣子很愚蠢。

如今是一個什麼話都不能說的時代。看到兒子沒有讀書，整天在玩音樂，也無法叫他「趕快去讀書」。

「爸爸，如果我和露西結婚，你有什麼打算？」

不知道為什麼，兒子說這句話時用了法文。我一時沒聽懂這句話的意思，於是問他說什麼，然後他用日文重複了一次。

「爸爸要怎麼辦呢？因為我住在鄉下，所以偶爾來玩一下就好了。」

雖然我知道自己答非所問，但還是面帶微笑回答。

「所以你以後也會繼續住在法國，對嗎？」

「當然啊，還是會暫時住在這裡，但要看疫情的發展。」

「我可以帶我的家人去你位在鄉村的家嗎？」

「當然歡迎啊，你們一定要來。」

這次輪到我用法文回答。八成是因為說日文會太害羞的緣故。

「還有……的家人，大家可以聚一聚。」

他說了同父異母的哥哥的名字。兒子一直很尊敬這個哥哥。

「OK，很好啊，但是我在鄉下的房子很小，沒有足夠的空間同時招待你們兩家人前來。」

我用英文說。因為無論用法文或是日文都很害羞。

「OK。」兒子回答說。

OK雖然是英文，但也同時是法文和日文。

兒子今天提到好幾個忌諱的話題。這個世界很無情。

「家庭不是很棒嗎？」兒子用日文說。

「嗯，是啊。」

「等疫情平息之後，我希望大家一起去鄉下。」

「很好啊。」

「因為這是很重要的事。」兒子用日文說。

兒子稍微對我說教了一番，眼前出現了新世界的篇章

四月某日。兒子在吃飯時看手機，然後噗哧一聲笑了起來。

我問他：「怎麼了？」

他把手機拿到我面前說：「托馬傳了照片給我，看起來是不是像老頭子？」

照片中是一個身材高大，簡直就像明星的年輕人。因為戴著口罩和墨鏡，所以看不到臉，但兒子說是托馬，我才覺得的確很像托馬。這個年紀的孩子，成長速度果然驚人……

「很帥啊。」

「根本看不到臉，太奇怪了。」

兒子的手機接連收到訊息。在我們聊天的時候，手機也嗶嗶響個不停。

我的手機雖然開著，卻很少收到訊息，尤其是週六、週日，幾乎是零……

「你的朋友真多。」我在無奈之下，對兒子這麼說。

「嗯，是啊，我朋友的確算很多。」

「真不錯，爸爸一天裡也收不到一則訊息。」

「因為你沒朋友啊。」兒子露出得意的笑容，居然說這種沒大沒小的話。

但因為他說的完全是事實，所以才讓人氣餒。

每逢星期一，就會收到很多工作上的電子郵件。十之八九都是催稿，以前我收到這種電子郵件都會馬上回覆，最近不知道為什麼，無法立刻回覆了。為什麼呢？也許是因為對方並不是朋友，或工作不有趣的關係。更何況編輯的電子郵件都是催稿，我只要在截稿之前把稿子交出去就好。每次回覆工作上的電子郵件，就有一種寂寞的感覺。因為那些終究只是工作上往來的郵件而已。

「你都和朋友聊什麼？」

「什麼叫聊什麼？」

「他們為了什麼事傳訊息給你？」

嗶。兒子的手機又收到了訊息。他的人緣真好。兒子笑了起來。

「爸爸，和朋友聊天時，非要有什麼主題，決定要聊什麼才能聊嗎？」

「啊？」

他的回答太驚人了。

「因為是朋友，所以都會聊垃圾話。爸爸，簡單來說，你沒有朋友，不就是因為沒有可以聊垃圾話的朋友嗎？你把朋友的門檻拉得太高了，從以前就這樣。」

理智線斷裂。就這樣突然硬生生被他扯斷，簡直就像正中腹部的直擊拳，威力太強大了。

「爸爸，你沒有聊垃圾話的朋友嗎？」

「啊？呃，垃圾話是什麼？」

「就是隨便瞎聊啊，因為你覺得聊垃圾話很無聊，不喜歡說垃圾話的人。自命清高的人會惹人討厭。」

理智線——都斷光光了。他再度揮過來一拳，而且又是一記直拳。我用力站穩，不讓自己倒下去。

「但是，爸爸，你最近有時候在看抖音吧？」

「你怎麼知道？」

「因為晚上你的房間會傳出抖音經常使用的音樂。就是no no、no no、no no no no no!之類的。」

「啊，那個很有趣，看了之後，就會欲罷不能。每次都發現自己不知不覺笑了起來，因為不需要動腦，工作累了的時候看一下很紓壓，嘿嘿嘿。」

「我知道，這就是我說的垃圾話的意思，對任何人來說，這種放空的時間都很重要，朋友不是可以為自己帶來放空的時間嗎？」

「喔，是啊。」

「爸爸雖然有不少朋友，但他們其實都很猶豫可不可以傳訊息給你，因為你總是一副高高在上、居高臨下的態度，讓大家不敢靠近你。我覺得應該有很多女士還有同年紀的大叔想和你多聊幾句，但你總散發出一種拒人千里的態度。」

呃呃呃，他說的話可能很有道理。這麼一想，又差一點被他擊倒。

嗶。手機再次收到訊息了。當然是兒子的手機。他的人緣真的很好。

「爸爸，你聽我說，你要珍惜朋友。因為當你痛苦的時候，朋友會幫助你。工作上的夥伴或許會借錢給你，但不會幫你，但是朋友不會計較利害得失，在你痛苦的時候也不會嫌麻煩，還會和你討論一些有意義的事。」

慘了。我的眼淚快要流出來了。

「我跟你說，和那些平時說垃圾話的人，那些平時像白痴一樣，說一些沒營養的話的人建立感情，在真正遇到痛苦的時候，這些朋友都會和自己站在一起，毫不猶豫地伸出援手。我認為這樣才是最有人性的生活方式，不是嗎？」

我好感動。

「像爸爸這樣人生有夢想和目標固然重要，但是這種人的周圍往往都是一些想要追求金錢和成功的野心家，雖然這些人也都會面帶笑容，但是你會和他們聊垃圾話嗎？會一整晚都聊沒營養的話嗎？不會吧？和這些人無法成為朋友。當然，這些人對生存很重要，所以和他們打交道也沒問題，但我有很多會陪我一起做無聊事的朋友。爸爸，這是你以前告訴我的話……你對我說『朋友是你的財產，你雖然是日本人，卻在法國出生，要在這個國家生存，朋友是你最寶貴的財產』，還記得嗎？在我小時候，你不是這麼對我說嗎？經過這些年，我身邊有數不清的朋友，我和這些人建立了感情，所以才能夠遠離痛苦、悲傷和煩惱。這都是拜爸爸所賜。爸爸，你已經不年輕了，我想要對你說，希望你珍惜可以一起聊垃圾話的朋友。如果有這樣的對象，可以主動向對方傳訊息打招呼，不需要有任何顧慮，因為你們是朋友啊，大家也在等你傳訊息給他們。絕對是這樣……」

爸爸傳遞的接力棒

五月某日。最近整天都在忙演唱會的事，完全沒時間做家事和下廚，家裡很亂，東西幾乎快要堆到家門口，簡直連走路都有困難。我和兒子連續三、四天都吃洋芋沙拉。我覺得很對不起兒子。

努瓦爾穆捷島在這個季節盛產的努瓦爾穆捷馬鈴薯，有點像北海道的男爵馬鈴薯，我用這種馬鈴薯做了大量的洋芋沙拉，早、中、晚都吃這道餐點，有時候做成三明治，有時候以這道菜作為主食，雖然很好吃，但兒子會忍不住露出「又吃這個？」的表情。但是他很乖，所以依然默默地吃下去，沒有任何怨言。

除此以外，我為了正在連載的《dancyu》食譜，順便做了大量義大利的義式婚禮湯，這兩天都一直喝這道湯。

「對不起，在演唱會結束之前，你再稍微忍耐一下。」

「完全沒問題啊。如果爸爸願意吃我學會的菜，我也可以下廚。」

「目前還不需要，萬一我拉肚子就慘了。」

「超火大。」他當然沒有實際說這句話，但露出了這樣的表情，然後表示同意說「那倒是」。我當單親爸爸照顧他的生活已經八年，從各種意義上來說，我帶給他很大的困擾，但我們齊心協力，一路走到了今天。

「明天天氣好像很好，又沒有風，二十三度會很熱。」

「是啊，我腦袋不聽使喚，還沒有決定要穿什麼表演服。」

「爸爸，你不用穿什麼特別的表演服，明天天氣晴朗，在目前這種局勢下，還能夠舉辦線上音樂會，不會造成任何人染疫，這樣不就足夠了嗎？你可以穿T恤表演，保持平時的樣子不就好了嗎？」

「有道理。」

「你可以呈現自己原來的模樣。比起你自認為很帥的裝扮，我覺得你平時那種隨興的、穿運動服的樣子也很棒，你以這種日常打扮出現在鏡頭前，大家一定會很感動。」

「穿運動服也未免太不像話了。」

「那是開玩笑的，我的意思是，你可以用最自然的方式表演。我明天會在河岸上為你加油。」

「好啊，那我會向你揮手，等你決定位置之後，再傳訊息給我。」

我們吃著洋芋沙拉，討論著這件事。

其實我希望兒子來看我的表演。

我們父子相差四十五歲，我希望他看到我努力的身影，這難道是我身為父親的自私嗎？但是，二十年後恐怕就無法做到這件事了，所以期望我這個父親年輕的身影能夠深刻烙印在他的記憶中。

我當然希望他牢記我下廚的身影，但也希望他記得我在拍電影、開演唱會，和夥伴活躍在工作場域的樣子，其實這次我很希望他可以上船幫忙，但工作人員說，因為有人數的限制，所以無法讓他上船。

由於疫情的關係，登船的人數也有限制，所以聽到兒子說要在河岸看我，我內心很高興。無論兒子長多大，父親永遠都還是父親。

我很努力，希望至少可以將接力棒遞給他。

在我有生之年，不太可能知道兒子內心對我這個父親有哪些記憶，但重要的是，願他能夠珍惜這些記憶。

只要這八年能夠成為他人生的支柱，我就了無遺憾。

明天要好好努力。

演唱會結束之後，又可以回到以往的日常生活。

我要做好該做的事，專注於當下。

洋芋沙拉還有今天中午的份，那就來做可樂餅吧！

和兒子聊至今爲止的事，和從今往後的事

六月某日。這是很平淡無奇的一天，我在寫東西時，兒子走進書房，在我書桌前的小沙發上坐了下來。

咦？真難得啊，但我剛好寫到小說的重要情節，於是沒有多加理會他，繼續低頭寫小說，直到寫完那個段落，停下來休息時，發現兒子仍然坐在那裡。

他來到我書房已經超過三十分鐘。太難得了。

「怎麼了？」我看著兒子問。兒子以前會來書房嗎？當然他偶爾會來拿影印紙，或是要我在學校的通知單上簽名時也會走進來，但或許之前從來不曾在書房內坐這麼久。

兒子靠在單人沙發上一邊滑手機。連續兩天的天氣預報都不太準，兩天都是晴朗的好天氣。

「我在想很多事。」

兒子說完這句話，再度陷入了沉默。我猜想他可能想和我聊什麼。

我走出書房打算泡咖啡。我來到廚房，用咖啡機沖了一杯咖啡，回到書房時，兒子還在那裡。

我坐在書桌前問他：「你在想什麼？」

「很多事啊。」

他看著手機回答後，又過了幾分鐘。

我吃著牛奶巧克力配咖啡。簡直人間美味。

小說的引擎終於發動了。故事有時候會突然找到頭緒，然後整個故事就動了起來，目前正是這樣的瞬間。

這種時候，我很希望能夠專心寫作，但兒子就坐在那裡。這是很難得一見的事，無法無視他。雖然或許靈感會跑掉，再次失去頭緒，但兒子可能站在人生重要的十字路口，所以才會來書房，想和我討論某些事。即使我很想繼續寫小說，卻不能請他離開，有些傷腦筋。而且平時我工作時，他很少會來坐在書房的沙發上，我覺得很高興，這樣的時間也不壞。正當我這麼想時，他幽幽地開了口。

「我們父子兩人的生活已經八年了。」

我又喝了一口咖啡，端正了姿勢。

「差不多吧。」

我以為他要聊以前一家三口的事，不由得緊張起來。我從來沒有和他談過往事，也沒有和他說起他的母親。即使曾經提過，也沒有好好聊過，所以現在根本想不起來。總覺得那是個禁忌話題，我們兩個人似乎都不想提起。

我忍不住感到緊張，如果他和我聊這件事怎麼辦？雖然我並沒有逃避，因為他似乎不想聊，所以我也從來沒有碰觸過這個話題，但我覺得八年都沒有提過這件事也很不正常。

我覺得沒必要主動提起，所以從來沒有和他聊過。

「我半年後就十八歲了。」

「是啊，再過半年就是成年人了。」

我靠在自己的工作椅上。

我看著天花板，因為陽光的反射，天花板上出現了細細光點。

「爸爸，你常常待在廚房裡。」

「因為我喜歡下廚。」

「嗯，我都一直在吃你做的飯。」

怎麼回事？他到底想說什麼？我緊張得心跳加速，忍不住再度繃緊神經，以為他要和我聊什麼莫名其妙的事。

我想再喝一口咖啡鎮定心情，沒想到杯子已經空了。

「這八年怎麼樣？」

兒子坐直了身體，看向窗外。我看著他的側臉。他長大了，已經不是年幼的兒子了，而是快要成人的兒子。如今，這個長大的兒子似乎站在人生的十字路口。

「很好啊。」

無論問他什麼，他總是說「很好啊」。

八年前，我很擔心他在學校的情況，每天晚餐時都問他：「學校怎麼樣？」他總是只回一句「很好啊」。只有遇到開心的事，才會滔滔不絕，於是我總是認真當個聽眾。每次只要我主動問他什麼，他就會有點不悅地回答說：「嗯，沒事。」這傢伙的脾氣很古怪。

我面帶微笑看著他，他又說：「是美好的時光。」

我再次看向他的側臉。兒子的臉看起來充滿英氣，一雙長長的眼睛。我的眼角有些下垂，但他有一雙好像歌舞伎演員般清亮的眼睛，眼眸圓潤。是個文靜的孩子，我從來沒有看過他發脾氣。

「這樣啊，真是太好了。」

「嗯。」

「你是不是想對我說什麼？」我問。因為他似乎並不打算起身離開。

「我影響你工作了嗎？」

「沒有。」

「如果會影響你工作，那我就回房間了。」

「沒有，完全不影響，你待在這裡沒關係。」

「嗯。」

我低頭繼續工作，重新看了剛才寫的內容。寫小說就是這樣，每天早上，都會重新看一下前一天所寫的東西，也會看剛才寫的文字。睡覺之前，又要再看一遍今天寫下的，用這種方式慢慢累積，但寫這種日記或是散文時就幾乎不會反覆閱讀。即使都是用日文寫作，兩者之間也有極大的差異。我覺得和兒子相處的時間就像在寫小說一樣。

我專心寫了一會兒，就聽到兒子叫我。

「爸爸。」

我抬起頭，長大的兒子站起來說：「我在想至今為止的事，和從今往後的事。」

「是嗎？這很重要。」

「嗯，所以我打算和威廉、亞歷克斯一起去日本。」

「之前就聽你說過了，很好啊。」

「我們決定收到大學的錄取通知後，就共同去一趟日本，托馬可能也會加入，他們都很想去日本看看，我想帶他們四處參觀，也想帶他們去奶奶家。」

「不錯啊。」

「在去之前，我們都會打疫苗，然後一起出發去日本。」

「好，到時候我會援助你。」

「謝謝。」

兒子轉過頭，臉上帶著不經意的笑容。陽光照在他的肩膀上。他說完這句話，就走出了書房。

兒子強烈反對我住鄉村的篇章

六月某日。我一路注意行車安全，悠閒地從鄉村開車回到巴黎，一打開公寓的門，平時向來不會出來迎接的兒子探出頭對我說：「你回來啦。」

「我回來了，你還好嗎？」

「嗯，我沒事。」

「有沒有好好吃飯？有什麼想吃的東西嗎？」我問。

「都吃一些超難吃的食物，所以我想吃好吃的東西。」

我猜想應該真的很難吃，然後覺得有點對不起他。嘿嘿嘿。

「我不是做了很多菜放在冷凍庫嗎？」

「但是冷凍食物解凍後，味道會變差。」

真是火大。他還真挑剔，哈哈。

「我看了你的ＩＧ，結果你每天都在吃美食。」

「真的嗎？」

我忍不住回頭看兒子，他的確瘦了些。

「又是生魚片，又是橄欖油牡蠣。太不夠意思了，我也想吃那些。」

原來他有看我的ＩＧ啊？他之前還說，偶爾會看日記。ＩＧ上沒寫什麼日文，看來以後不能隨便亂寫了⋯⋯

「你是說那個啊，啊哈哈。」

於是，我決定帶兒子去附近的壽司店。說是壽司店，但老闆是香港人，雖然很好吃，但和日本的壽司不太一樣，是以加州捲之類的壽司為主流的「壽司店」。

兒子看到我回來似乎很高興，明明可以面對面坐得很舒服，但我們父子兩人並排擠在四人座的桌子旁吃壽司。

兒子喋喋不休。我猜想他一定很寂寞。

他開始聊他的女朋友。我忍不住調侃他：「咦？你們不是分手了嗎？」他前一陣子為女朋友的事煩惱，然後來找我商談。我看他淚水在眼眶中打轉，就告訴他，感情的事不必勉強，沒想到他們還沒有分手。啊呀啊呀。

「我們似乎已經走過了磨合期，現在是最瞭解彼此的時候。」

「這樣啊，那不是很好嗎？」

「嗯，她的父母離婚了，所以現在情緒不太穩定。我是過來人，可以陪伴她。」

「原來是這樣。」

我們吃著「壽司」，像大人一樣談話。

但是說著說著就離題了，聊到等他上大學之後，巴黎的房子要怎麼處理。這時，兒子激動了起來……

「爸爸，你打算一直躲在鄉下嗎？」

「我和那裡的水土很合，住在巴黎，人際關係之類的問題很麻煩。」

「我能夠理解，但我覺得爸爸更適合巴黎。」

是喔。我忍不住笑了起來。我適合巴黎？這傢伙說話真有意思。

「我是認真的。爸爸，你就這樣躲在鄉下地方養老太可惜了，是不是該打消這個念頭了？」

「我不會打消這個念頭，這些年都在奔波，我覺得不需要再這麼拚了……」

「但你應該住在都市，在痛苦中創作，只要偶爾去看看大海，療癒一下自己就好，每天都看海，辻仁成會完蛋。」

他突然連姓帶名叫我「辻仁成」，我們忍不住哈哈哈相視而笑。

「你很快就要讀大學了，雖然不知道你會考上哪一所大學，但以你目前的成績，恐怕很難考上巴黎頂尖的大學，可能會考進波爾多大學，或是里昂大學、里爾大學這些學校。如果你考上這些學校，就沒有理由繼續在巴黎租房子，所以我打算完全移居到鄉村。我的工作只要有電腦，有吉他，無論在哪裡都可以做。」

兒子突然露出陰鬱的表情。

「我希望你繼續留在巴黎。」

「真的嗎？」

「如果你不在巴黎……」

「怎麼樣？」

「我在巴黎就沒有家了，這樣會很寂寞。我不是一直都在這個城市生活嗎？這裡是我出生的故鄉，我不想離開這裡。鄉村雖然很棒，但那個地方並不屬於我。爸爸，我希望我的家都一直在巴黎。」

喔，我聽得快哭了，忍不住拿起啤酒一飲而盡。以前的確從來沒想過這個問題……我又點了啤酒，把喝光的麒麟啤酒瓶舉到老闆派崔克面前。

派崔克立刻拿了一瓶新的啤酒給我。

老闆是香港人，也是我的好朋友。他們打算把家人，把母親接來這裡，但因為他的老母親年事已高，派崔克的哥哥反對，希望母親能夠死在自己出生、長大的地方。當時我和老闆一起喝酒，也聽到快哭了。

出生的故鄉很重要。我是在東京的邊陲地區出生，對我來說，東京是很重要的地方，但兒子是在巴黎出生，在這裡長大，以後應該會死在這裡。他的祖國是法國。

「好，我會認真考慮，再加把勁，努力可以在巴黎繼續租房子，但我只能維持到我有生之年，你也必須努力，讓巴黎的房子繼續留下來，所以希望你好好讀書，能夠在法國的社會上生存。」

「嗯。」兒子露出了笑容。

一個人在哪裡出生，在哪裡長大，會對人生產生很大的影響。兒子並不是自己選擇在法國出生，他很愛吃納豆，很喜歡日本，尤其偏愛九州，但是他在巴黎出生，這裡的市公所有他的出生證明。

他在艾菲爾鐵塔下茁壯，看著塞納河的流水長大。從法國的托兒所、幼稚園、小學、中學和高中一路順利求學，他人緣很好，老師也都很喜歡他。

兒子的眼中全是這個城市的空氣，這件事真的很重要。

我父親經常調職，從小必須跟著父母移居日本各地，所以很羨慕兒子可以在出生的地方成長。他有很多從小一起長大的朋友，那些朋友也都住在巴黎。巴黎是兒子的財產，其實最不希望我完全移居到鄉村的就是兒子。

巴黎嗎？真是孽緣啊。這麼一想，就忍不住笑了起來。

雖然當初並不是因為想來而來到這裡，但兒子在這裡出生，而且他說我適合住在巴黎……

「有什麼好笑的？」兒子問。

「不，沒事。」

「奇怪欸。」

「派崔克，再給我一瓶相同的啤酒。」我高高舉起喝空的小啤酒瓶說。

父親節，談談我最討厭的爸爸

六月某日。今天是父親節。

「啊，對了，今天是亞歷克斯的生日。」兒子說。

「什麼？你記得他的生日？」

「不是，他早上傳電子郵件提醒我。」

原來是這樣……哈哈。

「對了，今天是父親節喔。」

兒子聽了我的話，噗哧一聲笑著說：「我知道啊。」

「原來你知道啊。」

我也笑了。就只有這樣，只有這樣而已……

IG上有好幾則「祝父親節快樂」的留言，如果這些留言的人是我女兒，我可能會很開心（也許留言者是和我同年代的人，為什麼我會覺得是小女生呢？）

兒子沉默寡言，我自己也從來沒有對父親說過「爸爸謝謝你，父親節快樂」。今天要寫關於父親的事。我一直很討厭父親，這件事在散文和日記中提過好幾次，但是今天不一樣。其實我曾經因為過去寫的散文挨了親戚的罵。

「你根本不瞭解信一。」

父親的名字叫辻信一。父親整天忙於工作，從來沒有陪我玩過。其實與其說討厭，只覺得他整天發脾氣，好像很可怕的樣子。他熱愛工作，是個工作狂，幾乎不曾花時間陪伴家人。不知道為什麼，我今天想起了父親。也許是因為今天是父親節。一定是這個原因吧……

兒子之所以會知道今天是父親節，想必是在我們自家人的Line群組中，看到了「父親節快樂」這五個字。我這輩子從來沒有對父親說過「父親節快樂」或是「爸爸，謝謝你」這句話，我家的十七歲兒子現在不時為家裡帶來風波，不知道為什麼，尤其發生像是幾天之前，做了讓我氣得忍不住飆罵「你給我滾出去」之類的事時，我就會夢見像兒子這個年紀時的自己，而父親總會出現在夢中。

我沒有讀完大學，更不曾去找一份穩定的工作，而是選擇走音樂這條路。父親應該相當反對我的決定，但在我從大學休學時，他只說了一句「隨你的便」，就不再管我。我在二十五歲時，從索尼唱片出道，但自我從大學休學到踏入樂壇期間，只能靠打工養活自己，打工賺來的錢很快就花完了。因為排練費和買樂器都很花錢，每次錢不夠時，就會伸手向父親要錢，但父親非常可怕，所以我每次都先打電話給我媽。

「媽，我沒錢了，連吃飯的錢也沒了。」

我媽很擔心我這個兒子，所以就會寄私房錢給我，但偶爾還是不夠用。那是ECHOES第一次在東京、名古屋和大阪舉辦巡迴演唱會的時候，當時還沒有在索尼唱片出道，實在沒什麼錢，於是只好一直催促我媽。我一直以為是我媽將她的私房錢給我，但其實拿錢出來的不是我媽，而是父親。他每次都用現金掛號寄三萬圓，多的時候五萬圓。多年過去了，幾年前，我媽才告訴了我真相。

「那些錢都是你爸拿出來的，因為他自己不好意思說，所以每次都是我代替他寄錢。他不想太寵你，但他自己也是在你爺爺的援助下，才有辦法讀東京的大學，實現了夢想，所以知道你的辛苦，無法對你見死不救。每次都說再觀察一陣子，然後把錢交給我。你是靠你爸的錢才能撐下來，最後才能夠出道。」

「你知道是誰把你養這麼大嗎？你給我爭氣點！」這句話是父親的口頭禪。

我現在每個月給兒子三十歐元的零用錢，這些零用錢完全不夠他花。法國的物價比日本高出許多，高二學生和朋友在一起又有不少花費，這樣的零用錢的確很少。

他要買衣服或是午餐、旅行費等必要的花費，我都會另外給他，但我把他能夠自由使用的零用錢控制在三十歐元，是希望他學習金錢觀。

佛朗索瓦老師曾經為這件事向我提供意見，但我並不想增加兒子的零用錢。如果他不夠用，只要有正當的理由，我都會再給他更多。雖然他開口時，我通常依舊會給他，但我們父子之間有「三十歐元」這個基本的標準，也因為這個緣故，他最近終於有一點金錢觀念了。

雖然我對兒子很嚴格，但我自己二十三歲時，給父親添了很多麻煩。當然，在關鍵時刻，我會把父親的這份恩情回報在兒子身上，但是我也希望兒子能夠建立金錢觀念，日後才能在這個國家生存下去。金錢真是個兩難的問題。

父親還在世的時候，我曾經在三十多歲時買了公寓送給他，那是我媽告訴我私房錢秘密的二十年前。我認為自己只是盡了兒子應盡的責任，雖然這樣聽起來好像自以為是給了他們很大的恩惠……當時，我並不知道是父親經常寄錢給年輕的我。現在我媽仍然住在當年我為他們買的公寓。家裡有一個佛壇，上面擺了父親的照片。直到不久之前，我合起雙手對著父親的照片祭拜，都是為了不想讓我媽難過，因為我以前完全不知道父親在我身上投入了多少父愛。現在呢？

兒子每年都會主動要求去位在大川的祖父墳墓掃墓，把墳墓打掃乾淨，代替我向父親道謝。我們祖孫三代的關係太不可思議了。

當我自己成為父親，為兒子的事煩惱不已，就像父親當年為我煩惱一樣，這才第一次感受到父親對我的愛。

當年父親看到我成為作家後欣喜若狂。他曾經去博多的好幾家書店，逢人就說「這是我的兒子」。我那時覺得很丟臉。我真是個大傻瓜。

有人留言給我說「你對你兒子一副以恩人自居的態度」，我看到有很多人按讚。也許真的是這樣。有人表達這種意見，代表我這個人還不夠成熟。但是，我恐怕依然不會管自己年輕時也曾經不懂事，從今往後，到死之前都會對兒子說：

「你知道是誰把你養這麼大嗎？給我爭氣點！」

我完全不想改變。

被我媽說很浮誇，爸比我無言以對

六月某日。今天得知我媽去接種了疫苗，於是打電話回家，問她情況怎麼樣。

「我現在已經無法對你們有任何貢獻了，真是太感謝你們了。」我媽在電話中對我這麼說。

目前由比我小兩歲的弟弟照顧我媽。

「這些話你要對阿恆說。」我提醒我媽。發自內心感謝單身的弟弟多年來照顧我媽。阿恆是好人，個性老實，做事勤懇，但他也不年輕了，照顧八十五歲的老母絕對很辛苦。

「你打疫苗了嗎？」

「沒有，因為還沒接到接種通知，不知道什麼時候才能打。」

「在疫情平息之前，再稍微忍耐一下。」

「哥，我從去年春天開始，就沒有出門喝過酒，整天都待在家裡，看著媽媽的背影啜飲。」

嗚哇，阿恆真是太辛苦了。我這個當哥哥的好像奪走了阿恆的人生，所以內心有點過意不去。我請他擔任日本事務所的社長，我媽也由他一個人照顧，所有瑣碎的事都交給他處理，他真的對我助益良多，但相信他一定非常辛苦。

「所以在接種疫苗之前，沒辦法出門喝酒了。」

「這也是沒辦法的事。」

我媽在阿恆身後大聲嚷嚷著，於是就請阿恆把電話交給她。

「你十月有辦法來福岡嗎？」

「年底之前的行程還無法確定，要看變異株的情況。怎麼了？」

「因為要舉辦刺繡的團體展，這次是在阪急百貨公司舉辦，結果有人說，如果你可以來參加的話場面就熱鬧多了。」

我媽擔任法國刺繡的老師多年，現在已經退休，但有時候仍會指導後進。媽雖然還不至於年老昏聵，但畢竟已經八十五歲了，的確漸入老境。向來很期待回老家看奶奶的兒子說，每次棒球實況轉播時，我媽就坐在電視前一公尺的位置，瞪大眼睛，聲援自己支持的球隊。只要選手沒有打到球，她就會揮起拳頭大罵：「這個笨蛋啊啊啊啊！」簡直就像變了一個人。阿恆和這樣的母親一起生活這麼多年，實在太了不起了。

兒子說，阿恆和奶奶整天吵架，可能他們不吵架，就無法再一起生活下去。

「你沒事吧？」我準備掛電話前，擔心地問阿恆。

「沒事，反正船到橋頭自然直。」

「不好意思，在兒子出社會前，我還暫時無法回日本。」

這時，我媽又湊到電話前嘰哩呱啦嚷嚷起來，八成從弟弟手上搶走了電話。

「你還沒掛電話嗎？有一件事差點忘了說。」

「什麼事？」

「我看到電視了，就是那個叫什麼崩啾的節目。」

「喔，你是說NHK的衛星電視嗎？」

「就是那個，你真是太厲害了，上了NHK，大家都問我，老師，妳有沒有看到。我真是尾巴都翹起來了，雖然我沒有尾巴。」

「這樣啊，那真是太好了。」

「你真浮誇，整天做一些美食，你平時應該不會常常做這種料理吧。」

「我沒有浮誇。」

「你說你沒有，難不成你們每天都吃那種誇張的東西嗎？我也想吃美食，想吃你做的春日飯。」

「喔，好啊，那我下次回家時做給你吃。」

「但是，你什麼時候會回來？」

「嗯，得看疫情的變化。等疫情平息後，我就帶兒子一起回去。」

「那是哪一國的料理，就是叫什麼庫司庫司，名字聽起來好像在發出陣陣竊笑聲的料理。」

「喔，庫司庫司就是北非小米，是摩洛哥料理。」

「雖然我搞不懂是怎麼回事，但你好像變成了廚師，忘了誰告訴我，你出了料理書，說你放棄當作家了。當作家果然賺不了錢嗎？」

「我沒有放棄當作家，而且也和賺不賺錢沒關係。」

「那本書不是叫什麼《爸比的料理教室》嗎？」

「妳知道得真清楚啊。」

「因為我買了啊。」

「不用買，我可以寄給妳。」

「自稱爸比，你不覺得害羞嗎？」

「被妳這麼說，我才覺得害羞。」

「啊，聽說你從巴黎搬去鄉下了？電視上有拍到你的新家。」

「喔，嗯，阿恆沒有跟妳說這件事嗎？」

「聽說可以看到海？你這個人真是浮誇。」

「我哪有浮誇啦。」

「而且你還唱那種很洋派的歌，什麼愛迪．泡芙。」

「是愛迪．琵雅芙啦。」

「反正你還是那麼浮誇，但是沒關係，既然是上ＮＨＫ，當然要浮誇一點。畢竟是在全國播出的節目。」我媽大笑起來。

「什麼時候重播？」

「這我就不知道了，電視台的人說，如果觀眾反應很好，可能會重播，但我想不太可能。啊，但是在ＮＨＫ的On-Demand是第四名，前天才第十名。」

「什麼翁的瑪，不要說一堆英文，你還是這麼博學。」

「媽，那就先這樣囉。妳要長命百歲喔。」

兒子的會考成績公布，同時收到兒子對我的指責

七月某日。今天一如往常無所事事，稍微做了點工作，看了書，然後又思考了一下未來的規劃，突然手機收到一則法文的電子郵件。什麼什麼……

原來是法國國民教育部寄來的通知，告知今天傍晚五點，將會在網路上公布高中二年級學生的最終成績。平時的考試成績都由學校公布，但因為這次還包括了全國

會考的成績，所以由國民教育部直接通知。

我在之前的日記中曾經提到，前幾天，兒子考試回家後，我問他：「考得怎麼樣？」他回答說：「我猜的題全部中了，考得很理想，好得不能再好了。」爸比還興奮地對他說：「太好了。」

但是，我有種不祥的預感。因為去年和前年，他考完試之後也說很好，結果成績一公布，才發現一點都不好。我上過這種當……傍晚五點了。

「超失望。」兒子傳了訊息給我。

嗯嗯嗯。我並不感到意外。

「為什麼沒考好？」

他把成績傳給我。嗯，真的一點都不好。

「你那天不是說，猜題都中了嗎？但這就是現實，明年再努力吧。」

會考是法國所有十七歲的學生都要接受的考試，不知道平均分數是多少。只看兒子的成績，無法瞭解他在哪一個區段，但有一件事很清楚，就是考得比平時學校的考試還差……

再繼續加油。我只是這麼鼓勵他，沒想到不一會兒，他就傳了一大篇日文寫的、不知道是反駁還是批評的內容過來。

我無法在這裡公布他寫的內容，我看了之後，感到很失望。簡單而言，就是他不希望受到期待，即使認為他是辻家的恥辱也無所謂。

我明明是在鼓勵他，他卻回覆我這些內容。

我把手機丟到一旁。

兒子非常頑固，無論我說什麼，他都不聽勸。只要他找到努力的意義，就願意付出，但一旦鬧彆扭，就會一直彆扭下去，所以我能夠提供的建議有限。很遺憾，只能等他自己想通了。

他平時都很沉默寡言，不難猜想他真的很沮喪，所以竟然用日文寫了兩百字左右來反駁，或者說是嗆我的內容。

我認輸了。我對兒子並沒有過度的期待，以他目前的程度，我認為根本不可能考上他的第一志願。其實不需要為考不上高水準的大學備受壓力，只要能夠找到開心過日子的人生，這樣也很好，但他可能希望聽到我稱讚他「你已經很努力了」。太複雜了。

他應該也不希望聽到「我對你並沒有任何期待」，但是如果聽到「我對你充滿期待」，心情應該會更差。

反正無論說什麼，他都不開心，他覺得很有壓力，才會反彈這麼大。事到如今，只能讓他自己冷靜一下了。

我至今仍然無法忘記兒子曾經激勵我那一天的事。那是在我離婚之後，我們展開父子兩人的生活，當時的我很沮喪，我們一起去傑雷米（他是和兒子同一所小學，但比他大很多屆的學長）的店吃飯。那是我們當時經常光顧的咖啡店。

當時的他能言善道。雖然現在是連「早安」都不說的年輕人，但十歲的他個性開朗，積極活潑，很有正義感。

「爸爸，我有幾個夢想。我想好好讀書，做幫助別人的工作。如果有人遇到困難，就可以安慰他們，幫助他們，我想做這樣的工作。想從事對這個世界有幫助的工作，不要讓世界變得更壞。」

「那你就要在大學讀法律、歷史或是政治。」

「嗯，人和人之間相互殘殺、相互敵對到底有什麼意義？我想要做那種可以讓世界上不再有相互仇視的工作。我以後要讀大學，幫助有困難的人。」

我至今仍無法忘記當時的事。他說，要為幫助他人而工作，要為和平工作。我感到很欣慰。我認為十七歲的他想考法律和政治相關的大學，是因為他沒有忘記當年的心情。也許我在不知不覺中有了不切實際的理想，認為他很適合走這條路。

最近我開始發現，父母的期待的確有點沉重……今天他傳給我那些可以視為在指責我的長訊息，讓我有點受傷。雖然好幾次都拿起手機想回訊息，但寫了又刪，刪了又寫，最後還是沒傳出任何文字。我無法說我對他抱有期待，又無法說對他沒有期待，也無法對他說，希望他按照自己的想法生活，無法寫任何話給他……

這是每個人必須靠自己走的路，我認為以後不該給他太多意見，但希望他能夠找到屬於自己的幸福。

無論是任何形式的幸福都無妨，只希望他活出幸福的人生。

這是我唯一的希望……願在有生之年，能夠成為一個默默守護他，避免他走上歧路的父親。

和兒子一起去鄉村的房子

七月某日。早上叫醒兒子後，我們就開始做準備。先一起去接種疫苗的地點，陪兒子接種第一劑疫苗。根據馬克宏總統頒布的新法令，八月之後，如果沒有疫苗護照，就無法進出咖啡店、餐廳和大型購物中心等場所，也沒辦法搭乘電車和飛機。如此一來，就難以過上正常生活，於是民眾慌忙預約接種疫苗，一下子有三百萬人預約。兒子也是其中一人。

明天將在巴黎舉行大規模的黃背心運動，抗議這項法令的實施，我很關心日後的發展。在確認兒子本身的意願後，決定帶他去接種。

在疫苗接種會場入口，工作人員問兒子：「是不是未成年？」然後身為家長的我也要同時簽名（必須出示父子兩人的健保卡），父子兩人一起填寫了篩檢問卷，接著，醫生請兒子去診間。

「啊，你是他的爸爸嗎？那就請爸爸也一起進來。」於是爸比我也跟著走進了診間，聽取醫生詳細的說明。

醫生問我，是否會對未成年接種感到不安？我回答說，有一點，於是醫生就詳盡且仔細地向我說明，還說明了輝瑞疫苗的mRNA，簡直就像學校的老師一樣。

兒子在接種時，我在診間外等候。

我們離開疫苗接種會場後，直接開車去了鄉村的房子。這是我第二次帶兒子去位在鄉村的家，但在傢俱搬入，終於有家的樣子後，他還是第一次去。

房子位於通往海邊的半山腰上，我抵達時把車子停在屋後，兩個人一起把行李搬進家裡。

「比我想像中還小。」

兒子一走進屋就這麼說。太令人火大了。

「不過，我們兩個人住足夠了，平時只有爸爸一個人，反而有點太大了。」

「但是如果我以後成了家，可能會生兩個小孩，到時候不是會很擠嗎？」

「不，你得自己買房子，這裡是爸爸老後住的地方。」

「那倒是，所以這裡是老家，巴黎的房子是租的。」

「對啊，我打算把戶籍遷來這裡。」

「老家喔，我一直很嚮往。可以帶露西來這裡嗎？」

「等你上了大學之後再說。」

我們相視而笑。

首先，我們一起為兒子鋪床。從倉庫拿出丹普（Tempur）床墊，把它從盒子裡拖出來後，放在地上，為他鋪好了床，有點像在日本時，把被褥鋪在榻榻米上睡覺的感覺。

「你就睡在這裡，沒問題吧？」

「好像睡在日本奶奶家的榻榻米房間一樣。」

「你喜歡嗎？」

「嗯，像是在露營，感覺很有意思。」

傍晚的時候，魚店的船都會停靠在鄰鎮的碼頭，可以買到新鮮的魚，於是我們決定出門買菜。因為需要食物和水，所以必須出門採買。

我讓兒子帶上皮包，出發準備上街。正要走出去時，住在一樓的福朗肯先生和他的太太貝娜戴德叫住了我。

「啊喲，你的兒子這麼大了。你好。」貝娜戴德說。

兒子也向他們打招呼。喔，原來他會打招呼！

「要不要進來坐一下喝杯咖啡？我家也有可樂。」

「不了，我們正要去魚店。」

「是嗎？如果明天有空，歡迎來家裡坐坐，我可以烤些餅乾。」

貝娜戴德待人很親切。向他們道別後，兒子說：「我想起了住在日本的奶奶，她們很相像。」

「嗯，的確很像。」

、貝娜戴德很像我媽。因為疫情肆虐，無法邀請我媽來這裡。雖然很遺憾，但也只能放棄這個念頭了。

我們來到魚店後，買了鯖魚、峨螺和生蝦，然後散步走到碼頭的尖端，坐在岸邊的長椅上看海。

「等我變老之後，你有什麼打算？」

「我也不知道，就照常過日子吧。」

「比方說，如果你和露西結婚，有了家庭之後呢？你會帶你的家人來這裡嗎？」

「嗯，會啊，但因為房子太小，可能會住在附近的飯店……」

這傢伙太令人生氣了。

「你聽我說，爸爸希望你有一天能夠獨立自主，可以養活家人，你瞭解爸爸的意思嗎？」

「……」

「所以你要認真思考自己的未來。」

「ＯＫ！」

「你可以和家人住這裡，我隨時都能借鑰匙給你，你一定要幸福，然後偶爾分一點幸福給爸爸。」

「ＯＫ……」

太陽漸漸西沉。

「我們可以在這裡住幾天？」兒子對沉落的太陽揮著手問。

「到明天為止。」

「明天？什麼？我們不是今天才剛來，只看了海而已嗎？明天就要回去了？」

「因為星期天有線上沙龍，要上寫作課。」

「你可以在這裡遠端連線上課啊。」

「這裡的訊號很差，上次簡直慘不忍睹。」

「早知道明天要回去，我就不來了。你應該早點告訴我。」

「星期一再來就好了啊。」

「星期一？你別開玩笑了？誰要坐三個半小時的車子來這裡。」

我和兒子在夕陽暮色中吵了起來。

我們一直聊到太陽下山。即使偶爾有這樣的一天也不錯。

晚餐我做了鹽烤鯖魚端上桌。

回顧父子走過漫漫長路的夜晚

七月某日。我睡不著。晚餐過後，兒子躺在床上，用手機和女朋友聊天。爸比我在廚房喝著威士忌，看向窗外的緋紅夜空和細小的月亮，回想起和兒子一起旅行的歲月。

計算了一下，只有我和兒子兩人的生活大致有三千個日子了。三千個日子嗎？我忍不住嘆著氣。

當年還是小學生的兒子，如今已是高三的學生，真的可以說是光陰似箭，但這些年來，也發生了許多無法寫在這份日記上的事，總之，兒子終於順利長大，從少年變成了青年。

半年之後，兒子在法國就是成年人了。那是我的育兒工作暫時告一段落的目標……我一直隱約覺得，兒子下一次生日，似乎就是我「育兒」的終點。

我們父子的第一次旅行，應該是去史特拉斯堡。那是在離婚之前，家裡已經一片烏煙瘴氣，我覺得必須帶兒子離開。要去哪裡？我想去某個沒有人的世界，於是就一路往南，當我回過神時，才發現來到了史特拉斯堡。

我的意識似乎努力消除了那段時間的記憶，最近總是想不起來，唯一能夠回想起的，就是我和兒子一起走在史特拉斯堡街頭的景象。兒子當時很健談。回想起來，他應該在內心分析家裡發生了什麼事，然後努力理解。雖然他一下子聊神明，一下子又聊自己家人的未來，完全不得要領，但從他所說的內容中，可以感受到小孩子的心理。

那段日子，我想像著自己即將面對的未來，緊緊摟著兒子的肩膀。

那就是我們父子旅行的起點。我們曾經一起走遍日本國內的每個角落，也踏遍了整個歐洲，之後還去了夏威夷，也去過北非、俄羅斯、冰島和英國這些國家。但是，隨著他的成長，兩人一起旅行的次數逐漸減少。原本坐在副駕駛座的矮小兒子，如今坐在那裡已經有點擠了。

幾年之後，可能不再是由我開車，而是換成兒子開車，也許後車座位還坐著他的家人，也許車上已經沒有我的位子。沒錯，一定是這樣。因為這就是人生，所以我很期待那一天的到來。

我期待他開著車，帶著家人來我家拜訪。我喝著威士忌思考著，什麼時候會是我們父子的最後一次旅行呢？

我向夕陽西沉的世界說再見道別。

兒子是兒子，我是我，各過各的暑假

八月某日。工作、家事和育兒讓我忙得不可開交，於是和兒子討論之後，決定這次暑假各過各的。父子兩人偶爾需要分開，否則會無法瞭解彼此的優點和共同生活的意義。無論平時感情再好，如果能稍微保持一點距離，就會瞭解對方的可貴，懂得互相珍惜。

我事先為他做好一些食物。和之前不同的是，我會在出門前，把每天相當於幾百日圓的歐元放在桌上給他。因為高三的學生經常會和朋友出去玩，若只有兒子不能和朋友一起吃飯，未免太可憐了……因為我擔心他餓肚子，所以去超市買一些可以長時間保存的食物。既然外出，就乾脆稍微出個遠門，去其他區走走。我去了偶爾會光顧的咖啡店，感受巴黎時下的氣氛。因為目前幾乎沒有咖啡店營業，除了香榭大道和艾菲爾鐵塔周圍的觀光地區以外，全都因為放暑假，暫時拉下鐵門不做生意了……

「咦？你買了很多東西。」一面熟的服務生對我說。

「這是我出門旅行期間，兒子的糧食。」

「原來是這樣，他自己還不會煮飯吧。」

「不，他會煮，所以我買的都是義大利麵、香腸這些食材。」

「真不錯啊，先生，你要吃什麼？」他問我。

「我肚子不怎麼餓，明天開始放暑假，今天想喝酒。」

他對我說：「今天有帕馬森起司松露薯條。」

我毫不猶豫地說：「那我就吃這個。」

太好吃了。這個服務生會一點日文，每次準備離開時都會用日文對我說「謝謝」，真的很可愛。

也許因為附近是艾菲爾鐵塔，有一對新婚夫妻在咖啡店前的街角拍紀念照。新娘的婚紗很美，他們幸福的笑容治癒了我。

在新學期開始之前，我也要振作起來。住在鄉村，每天運動，找回自我……

「先生，」那名服務生走到我身旁，一起看著新娘說，「十五年前，你是不是住在某某街？」

「是啊，我住在那裡，怎麼了？」

「我經常看到你。你不是經常讓小孩子坐在嬰兒車上，推著嬰兒車，和你太太一起去街角的某某咖啡廳（他說了店名）嗎？」

我說不出話，但立刻想起來了。之前就覺得曾經在哪裡見過他，經過這麼多年，他變胖了，所以我沒認出來。

「喔，我想起來了。」

「我之前就發現了，大家、都好嗎？」

他用日文說了「都好嗎」這三個字。

「現在我和當時那個孩子兩個人一起生活，他已經讀高三，長得比我還高，還留了鬍子。」

「這就是人生。（C'est la vie.）」

我對他露出微笑，但想起了很多事，有點感傷起來。來到法國已快二十年了……真的是段漫長的歲月。

「再給我一杯葡萄酒。」

「先生，謝謝。」

我想起來了，這個服務生就是之前那個經常說日文的年輕服務生。我想起來了……雖然人來人往，雖然年歲不斷增長，但巴黎始終和以前一樣，一直都沒變，簡直太不可思議了。

光陰似箭……巴黎，這個城市，你始終未變。

爸比的眼眶又熱得發燙了。

死去的父親每天晚上出現在我夢裡，想要對我說的話

八月某日。最近有一件不可思議的事，雖然原本並沒有在意，但我發現從一個星

期前開始，每天晚上都會夢見那個人。沒錯，那就是父親，他生前叫辻信一。

每天早上醒來時都發現，剛才夢到父親了，但因為睡得迷迷糊糊，所以完全忘記父親在夢中做了什麼，只不過每天晚上都出現在夢境太奇怪了。父親生前，我幾乎沒有和他聊過天，他很少出現在我的記憶中。但是，他一次一次出現在夢裡，我才驚訝地發現，最近父親每天晚上都會來拜訪我的夢。

我在深夜醒來。不僅是昨天、前天，從上週開始，父親就每天來我夢裡。到底是怎麼回事？仔細一想，才想到現在是中元節。

我記得昨天晚上的夢。兒子和他的朋友一起在機場大廳（他們好像是職業音樂人），兒子對我說：「爸爸，我需要護照，沒有護照，就沒辦法登機。護照不是在你那裡嗎？」

兒子的護照都由我保管，所以才會出現這樣的夢境，但不知道為什麼，父親也在場。他坐在椅子上，旁邊還坐了一個和他身材相仿的男人。之前，片柳先生（集英社的責任編輯）去世三個月後出現在我的夢境中時，旁邊也有另一個人。不知道是不是那個世界的規矩，不可以單獨出現，都會有另一個人陪同……

「爸爸，我兒子的護照在你那裡吧？」我問。父親回答說：「嗯，是啊。」然後摸著胸前的口袋，沒想到竟然拿出了兒子那幾個朋友的護照，卻沒有兒子的。坐在父親身旁的那個人也一起在口袋裡翻找著。

也許是因為我昨天剛好想到爸爸的弟弟潤吾叔叔的關係（二十年來，第一次想起他），所以父親旁邊的那個人八成是潤吾叔叔。沒錯，應該就是如此。潤吾叔叔也在二十年前去世了。夢境就到此為止，我醒了過來。

我躺在法國鄉村家中的床上，看著昏暗的天花板。父親年輕時很凶，我向來不敢靠近他，也不曾和他好好聊過天，當然更沒有反抗過他。我們父子從來沒吵過架，我不曾頂撞過他。雖然他打過我幾次，但我一次都沒有還手。

不久之前，我和兒子之間曾經發生了衝突，兩個人都喊得很大聲，前後持續了兩個小時左右。雖然我並沒有打他，但是當我指著他的鼻尖說話時，兒子用力抓住我的手，想把我的手推開。那是我這輩子第一次遇到這種事。

他長大了，用自己明確的意志和我衝撞。我有點不知所措，流下了眼淚。然後突然想到，今天不是父親去世十三週年嗎？父親離開人間已經這麼久了。

去年因為疫情的關係，我回東京的時間很倉促，無法前往福岡。今年也沒有回日本，無法為父親掃墓。這十年來，每年去父親位在大川的墳墓前祭拜他的不是我這個不成材的兒子，而是父親的孫子。父親很疼愛他這個孫子，兒子也和爺爺很親，所以經常去為爺爺掃墓，清洗爺爺的墓碑。兒子每次從法國回日本的理由之一，就是去掃墓。

快天亮時，我終於恍然大悟。原來父親是因為擔心我兒子，所以一直走進我的夢境裡。兒子為升學問題陷入苦惱，父親看到兒子出生在法國，為了在法國的生活陷入痛苦，所以才會出現在我面前。然後藉由護照的暗示，想要告訴我，兒子目前無法好好地起飛。

我繼承了父親的血脈，兒子又延續了我的血脈。雖然不知道我們祖孫三人走過了怎樣的人生，又將邁向什麼樣的未來，但我相信彼此的靈魂有交集。我不知道為什麼現在突然一直想起父親的事，但我猜想父親在養育我長大的過程中，曾經傷透腦筋，只是我沒有察覺而已。我感謝我的父親，同時又覺得必須調整好心情，將兒子養育成人。

我站在窗邊，對著日本的方向合起雙手祈禱。

「爸爸，請你協助我兒子，請你保佑他。拜託了。」

今天，兒子終於成爲高三的學生

九月某日。今天是兒子成為高三學生的第一天。新學期開始，今天是他升上高三後，第一次和新同學一起上課。

吃晚餐時，我問他：

「情況怎麼樣？」

平時他都會用一句「很好啊」打發我，但今天特別健談。

「嗯，要怎麼說呢？我不知道怎麼表達，有一種『原來這就是高三』的感覺。」

「同學怎麼樣？有沒有可能成為朋友？」

「嗯，大家原本就認識，雖然是朋友，但不會成為好朋友。該怎麼說？朋友的性質不太一樣，雖然算是朋友，但就只是同學，放學之後，就各自回到自己的世界，差不多就是這種關係。」

「喔，我瞭解，大學就是這種感覺。」

「嗯，不管是到目前為止，還是從今以後，只有小學時玩在一起的那些朋友才是真正的好朋友。托馬也和我同班，我和他從小一起玩到大，他和其他同學不一樣。我和瑪德蓮也從小就認識，所以新朋友和他們完全無法相提並論。」

「日文中稱這種關係為死黨。」

「嗯，我知道，現在就是一群冷酷的同學聚集在教室，一起為考大學衝刺。」

「但並不會不開心，對嗎？」

「算是吧。」

不，並不是這樣，他似乎不是覺得學校生活很無趣。從他侃侃而談的樣子，不難猜到情況剛好相反，而且他始終面帶笑容。

其實他覺得學校很開心。兒子喜歡把大道理掛在嘴上，所以必須解讀他的真心。兩個月的暑假期間，他幾乎都窩在家裡，沒有走出房門。因為新冠肺炎流行的關係，他的那些好朋友全都和家人一起去鄉下躲避疫情，所以他很高興又能見到這些朋友。他一改平時的陰鬱，有一種在學校充電回來的感覺。

他無法坦誠地說學校很開心，所以說了很多學校的事，其中也包括很多批評。青春期的孩子都是如此。但是，他主動聊了很多，可以感受到他在學校遇到相同年紀的朋友很高興。

我在吃飯時聽他說話。昨天的日記中也稍微提到，其實我很緊張。因為兒子終於高三了。他是考生，即將準備考大學。我肩上的責任更重了。雖然因為父母離婚，他在某一段時期很痛苦，但至今為止，他的身體沒有受過傷，也沒有闖什麼禍，一路走到了今天，終於進入了高中生活的最後階段。

我要在此坦白。我猜想大家已經發現了，我很愛兒子。起初肩負起兒子的養育責任時，曾經覺得很有壓力，也沒什麼自信，那時候他正值多愁善感的年紀，我們在異國生活，我的語言能力又不是太好，但還是出席了親師晤談或是入學面試，在自己不停地翻字典，同時在其他同學媽媽的協助下，順利就讀小學、中學和高中，從今天開始，終於邁入了高中生活的最後一年。

我當然覺得兒子很可愛……他的成績並沒有特別優秀，不是資優生，但也不是不良少年。他只是一個很平凡的孩子，但我還是很愛他，覺得含在嘴裡怕化了，捧在手心怕碎了。即使他對我口出惡言，對我張牙舞爪，讓我沮喪得不想起床，我仍然是他的父親。

我認為把他培養成出色的社會一分子，比任何工作更重要。

再過四個月，明年一月，他在這個國家就是成年人（法國滿十八歲就是成年人），這不是一件容易的事，也讓人嚴肅以對。

他暫時放下了戀愛和音樂，認真為大學，也就是自己未來的發展而苦惱，但也同時下定決心，朝向人生的目標而邁進。

「我太痛苦了！」那一天，他對著我大叫，然後推開了我的手。

造成他痛苦的原因有好幾個。父母離婚是其中之一，一方面也因為是由我這樣的父親養育他長大，再加上他還沒有找到自己未來的方向，學校和學長的建議都各不相同，最大的煩惱，就是他不知道未來要如何在這個國家生存。因為正面臨青春期，所以也經常和朋友分分合合，這些壓力都發洩在我這個和他同住在一個屋簷下的父親身上，也是理所當然的事。

但是，我不瞭解他的煩惱，經常覺得他放蕩不羈，於是責罵他之後，他內心的火山就爆發了。

我曾經在這個日記中，多次提到這件事，但是，從結論來說，這是一件好事。

那次之後，他整個人都變輕鬆了。

他是一個向來把事情放在心裡，很少說出口的孩子。應該多體諒他，我這個當爸爸的眼睛到底長在哪裡？雖然父母的忍耐也有限度，但再撐十個月，不，還有短短四個月，他在法國就是成年人了，不再是小孩子了。

兒子小學時的同學，威廉、亞歷克斯、托馬、埃米爾、安多瓦……這些朋友成了他強大的精神支柱。

「爸爸？」

「嗯？」

「你怎麼了？你心不在焉，有在聽我說話嗎？」

「嗯，我在聽，我想到了亞歷克斯和威廉他們，覺得多虧這些死黨，你才能夠成為一名出色的高三學生。」

兒子噗哧一聲笑了起來。

「爸爸，你忘了嗎？在我十歲的時候，你對我說，要在這個國家生存，最重要的不是金錢、成功和資歷。」

「啊？我當時說是什麼？」

「你要我好好珍惜朋友，說朋友是我的財富，他們一定會向我伸出援手。我認為你說的完全正確。」

爸比大聲喊「吃飯了」，兒子說「來了」

九月某日。這是昨天發生的事，我問兒子，大學預備班的情況如何，他回答說：「很開心，老師會教我們各種技術，讓我越來越有自信，而且也知道原來要做這些事，才能成為大學生。」他難得主動侃侃而談。

「預備班的老師告訴我們，讀書不能整天死記硬背，必須充分掌握訣竅，而且也知道了一些平時學校絕對不會教的事，所以我覺得去讀預備班是正確的，而且也很開心。」

然而，今天兒子中午回到家時一臉愁眉苦臉，我問他發生了什麼事，他回答說：「老師告訴我，我想要讀的那所大學競爭很激烈，即使是全校第一名，也未必能夠考上。我絕對不可能成為全校第一名，卻想考即使全校第一名也未必能夠錄取的學校，所以越想越沒有自信。」

雖然我鼓勵他，自信就是這麼回事，但這不是能夠輕易解決的問題……

「其實大家都一樣，全校只有一個第一名，難道除了那個人以外，其他人全都放棄嗎？一旦放棄，就絕對不可能考上第一志願的學校。反正還有十個月，所以繼續努力吧。只要當第二名、第三名就好，這也不是一件容易的事。你可以成為非常有實力的第二名，然後超越第一名。大家都因為老師的意見感到沮喪，還因此更改了自己的第一志願，搞不好你持續努力，就可以達到目標。一旦放棄，就到此為止了，不試試看怎麼知道自己的實力呢？」

「嗯。」

人的自信真是太奇妙了。半年前，他還自信滿滿地對我說：「爸爸，不試一下怎麼知道自己有多少實力？」如今從老師口中瞭解現實後，便瞬間墜入了失望的深淵。我唯一能夠做的，就是不問結果。無論是怎樣的結果，都是兒子目前的實力。我要尊重他的實力，和他一起模索生存之路。

「爸爸，我跟你說，我發現我目前選的學程，未來能夠做的工作很有限。」

「未來的工作？你以後想從事什麼工作？說來聽聽。」

「我想在廣告業工作，或是成為政治家。」

「完全是不同的方向。」

「嗯，因為我放棄討厭的數學之後，就只能走政治這條路，還有進入廣告業。」

「走政治這條路？你別異想天開，這不可能吧。」

唉，真的沒問題嗎？……這種情況的確令人擔心。

「爸爸，你當初怎麼找到目前的工作？」

「爸爸從以前到現在，都是自己創造工作，然後靠這個養活自己。我從來沒有當過上班族。因為沒有想過要去公司上班，一開始就決定要自己創造工作機會來維生，但是在目前的時代，可能很難做到這件事。」

「為什麼？」

「一方面是因為疫情的關係，而且全世界有七十八億七千五百萬人口，做任何事都不再那麼容易。以前可以靠打工養活自己，現在連打工的機會也寥寥可數了，但是可能性並不是零，只要有創意和毅力，或許有辦法做到。你有這種毅力嗎？目前的你還沒有經驗，也還不是很瞭解自己到底想做什麼。」

「嗯……」

「爸爸十七歲時，就決定要從事自由業。」

「爸爸，你是自由業的專家。」

「嗯，是啊，哈哈。因為我沒有其他能力，爸爸擅長一個人工作，很難融入團體。因為你爺爺是超級上班族，看著你爺爺的身影，就覺得自己無法做到像他那樣。這就是日文中所說的負面教材。」

我向兒子說明了什麼是「負面教材」。

「原來是這樣，我也看了你之後，覺得自己沒辦法做到像你那樣。」

「真的嗎？」

我們相視而笑。

自由業……真的很難，要靠自由業生存更是難上加難。

兒子回學校後，我沿著塞納河左岸的河岸跑步。在跑步時，思考著兒子的事。眼前的風景很美也很療癒，但我卻相當地傷腦筋。

只不過無論我怎麼煩惱，巴黎的這片景色依然不變，持續至今，已經有好幾個世紀，只有人來人往，這件事令人感到不可思議。我現在為了兒子的事而苦惱，不久之後，也會離開這個世界，兒子到我這個年紀的時候，很可能也在相同的地點，仰望巴黎聖母院，為自己的兒子考大學的問題憂心不已。

我站在巴黎聖母院的正前方，用力深呼吸，然後全速奔跑回家。我去馬歇爾的蔬果店買了蔬菜，決定晚上來做石鍋拌飯。

兒子喜歡吃蔬菜。他讀小學的時候討厭，但因為我下廚的關係，他漸漸愛上了蔬菜，我對此感到驕傲。持續下廚，為家人做料理，是支持家人偉大的愛。只要有這種愛，兒子就一定能夠找到自己的生存之路。

「吃飯了。」我大聲叫著兒子。

「來了。」兒子像往常一樣回答。

和兒子一起站在廚房的週末。向父母偷學生活方式

十月某日。最近我們父子感情很好。自從上次大吵一架之後，可能雙方都把壓抑在內心的話一吐為快，兒子應該也終於說出了積年累月的怨恨（？）或煩惱，整個人都輕鬆了不少。

我發現自己的心情也變得輕盈，於是父子兩人很自然地一起走進廚房下廚。即使不是一起下廚，其中一人也會看著另一個人煮飯。父子兩人的共同生活即將邁向終點，接下來能夠相處的日子不多了，漸漸建立起美好的回憶，或是說這些回憶將會越陳越香。

兒子到了我這個年紀時，不知道會如何回憶和我共處的時光？他會想起我們一起站在小廚房內，我教他怎麼切洋蔥嗎？還是想起我教他怎麼洗米？抑是對我教他煮義大利麵的方式印象深刻？

我把買回來的食材放在桌子上。兒子看著這些食材問，今天要做什麼？我除了告

訴他料理的名字，也粗略地告訴他料理的方法。

「今天要做奶香焗烤馬鈴薯。」

「太棒了，教我怎麼做。」

「你聽好了，料理不是靠別人教，自己在旁邊跟著學，而是看別人怎麼做，自己偷偷學。你可以觀察爸爸做這道菜時，瞭解原來是要這樣切，或是要這樣轉平底鍋，然後學起來，或者說用身心牢牢記住。食譜這種東西只是作為參考，你要在品嘗味道後，先努力學習爸爸的味道，然後再發展出自己的滋味，用這種方式拓展自己的拿手料理。從來沒有人教過我怎麼做菜，我每次都回想起在餐廳吃過的味道，在努力重現的過程中，漸漸有了自己的特色。雖然有人會批評我的這種意見，說什麼忽略了料理的基本，諸如此類的，但這是家庭料理，基本什麼的並不重要。做料理和讀書不一樣，最重要的是在有生之年持續學習，你現在已經會洗米了，也知道怎麼煮義大利麵，在這個基礎上追求自己的世界，進步會更加神速。」

高大的兒子雖然慢吞吞，但現在拿菜刀的樣子和甩平底鍋的姿勢都越來越有架勢了。這都不是我的功勞。

他是音樂人，但這不是我的功勞。

他會彈烏克麗麗，這不是我的功勞。

法文是他的母語，這當然也不是因為我的關係。

他都是依樣畫葫蘆，發現了自己的方法。

在料理上，我相信他也能夠用這種方式建立自己的味道。他的創作意願絲毫不亞於我，我相信他一定能夠建立他的家人喜愛的味道。

在他的味道中，或許受到了爸比的一點影響。

無論是烏克麗麗、音樂還是人生，都和爸爸有些關係。這樣剛剛好。

我認為這樣的人生滋味恰到好處。

今天我要做奶香焗烤馬鈴薯，兒子說，他想在一旁觀摩。

當然好。這是法國料理基本中的基本，要好好偷學。

小孩子的工作，就是偷學父母的生活方式……不是嗎？

生日這一天，我在思考這些事

十二月某日。我叫住了兒子。

我告訴他，我有事要和他談一談。兒子在飯廳門口停下了腳步。

「是關於菅間阿姨的事。……她上個星期去世了。」

我告訴兒子，照顧我們父子多年的秘書離開了這個星球。因為他是考生，我不想刺激他，但我相信他不願意從別人口中聽到這件事，於是決定由我親口告訴他。

我們父子兩人開始一起生活後，他在日本期間，都由菅間和我的表妹美奈照顧他。菅間曾經多次陪兒子一起去九州，兒子獨自去日本時，菅間會去機場接他，然後和他一起前往九州的老家。暑假的時候，菅間還曾經像媽媽一樣，帶著十歲、十一歲、十二歲和十三歲的兒子去三麗鷗彩虹樂園、水族館和迪士尼樂園。

正因為這樣，我相信兒子有很多關於菅間的回憶，我一直很煩惱，要怎麼告訴討厭離別的兒子這件事，但最後我決定完全不修飾，直截了當告訴他。

「ＯＫ。」兒子小聲回答後，轉身離開了。

兒子得知這個消息後，並沒有明顯的變化。他之前得知寂聽大師的死訊時，也只是小聲嘀咕「ＯＫ」後，就走進了自己的房間。寂聽大師也很疼愛兒子，兒子應該有很多關於她的回憶。雖然我常常不知道兒子的「ＯＫ」代表什麼意思，但我猜想應該是「我知道了」的涵義，代表已經掌握了這件事，至於進一步的情況，就不得而知了。

這個世界上沒有人死過，雖然有人說得頭頭是道，好像瞭解死亡是怎麼回事，但我資質駑鈍，恐怕到死之前都不知道。搞不好死了之後也不知道……

但我總覺得死亡並不像大家想的那麼黑暗和悲傷。

總之，活著的人會隨著時間的流逝，靜靜地領悟死亡的意義，也許活著的人才無法放下死亡。

不知道兒子如何理解人類的死亡。

我只知道一件事，就是兒子向來討厭離別。雖然沒有人會喜歡離別，但每次有人要離開準備回家時，他都會躲起來。我總覺得他不想對人說再見，他討厭無法再見到對方。

今天是九號，是菅間的生日。她在生日之前離開了人世，目前發現她好幾個工作檔案的密碼，都使用了自己的生日。

我之前就知道她的生日，每年到了十二月，就會想到她的生日快到了。

其實目前還有一些資料和密碼沒有找到，我的私人事務所還沒有完全恢復正常的業務運作。雖然由我的弟弟阿恆接手菅間原本的工作，但有些編輯還聯絡不到，恐怕年底之前，都無法完全恢復正常，目前這種狀態還會持續一段時間。菅間在去世的前一天，寄了一封信給我，聽說她也寄了一封信給會計師，這段時間逐漸重新和我們取得聯絡的事務所相關人員，都紛紛寫了電子郵件表示「收到信件後，我大吃一驚」。

如果菅間沒有寄出這幾封信，我的工作就會停擺。她簡直就像是預先知道自己會踏上新的旅程，至今仍然無法忘懷在信箱中看到她的信時的驚訝。

她在去郵局寄信的前一天，和她的姊姊一起散步，欣賞了住家附近的山水，聊了很多事。她是日本第一個骨髓移植成功的案例，每天都在面對死亡，同時也努力活好每一天。

即使我現在後悔也無濟於事。

菅間曾經發自內心為五年前創立的新世代獎挖掘了新人的才華感到高興，她在評審的日子啟程，真的很像她的作風。我知道自己必須連同她的份好好努力，同時也會因為新世代獎的這些年輕人是菅間一手栽培，而持續支持他們。

雖然因為疫情關係，世界變得如此紛亂，但我認為自己的工作，就是為努力生活的各位帶來活力。

自己下廚的兒子，如何建立飲食生活習慣？

我六十二歲，很難和十七歲的兒子吃相同的食物。他一天天長大，我也根據他的年紀，為他準備補充精力的料理，但我幾乎吃不下這類食物。因為我們父子相差了四十五歲，兩個人很自然地開始吃不同的食物，這是很正常的事。他還在成長，所以我也努力為他做一些有助於長高的料理。

從他出生到現在，我盡可能（幾乎）不在料理中使用任何添加物。這種堅持，讓兒子目前吃菜時，完全不使用任何醬料，也幾乎不用胡椒鹽。有趣的是，在吃魚的時候也不沾醬油，吃肉也不用任何調味料，更驚訝的是，他吃沙拉時，就直接把蔬菜放進嘴裡。雖然有時候也會淋上橄欖油，但完全不加我最愛的香鬆。我在吃蕎麥麵時加鹽（鹽之花）時，他會生氣地對我說：「加太多了。」

他很少喝可樂，只喝百分之百的蘋果汁或是水，偶爾會喝茶，他似乎喜歡喝紅茶和綠茶，但是我不知道他為什麼會愛這些高齡人士喜愛的食物。他之前曾經說不吃肉，最近終於又開始吃肉，而且份量很大。

我去鄉村期間，到超市買了大量冷凍食品放在冰箱內，但回家之後，發現這些冷凍食品都原封不動放在原來的地方，但可以發現他下廚的痕跡。我問他都煮什麼？

他冷冷地回答說：「義大利麵，還有煮飯。」他似乎都做培根蛋黃義大利麵、加番茄的義大利麵，所以我這次沒有買現成的食物放在冰箱，而是有益健康的胡蘿蔔沙拉、雞肉、培根、豆腐和蔬菜，還有冷凍的魚片、冷凍的納豆、明太子等食材。

所謂龍生龍，鳳生鳳，我的兒子愛下廚。不錯不錯，他的飲食走健康路線，想必或多或少受到至今為止的飲食生活影響。

「這裡面加了奇怪的調味料。」有時候他會皺著眉頭這麼說（不過他很愛麥當勞，果然是年輕人，充滿了矛盾）。

總之，我雖然喜歡油膩食物和歐式料理，但並不是自己下廚時，也非要吃這種料理不可。平時一個人的時候，盡可能吃一些少油的料理。漁夫把船繫在岸邊賣的魚都很便宜，我會物色這種魚買回家。今天從巴黎家中的冰箱找出一些已經過了賞味期限，但仍然可以吃的食材下廚。

一天煮飯兩、三次非常消耗時間和工夫，所以我每次都會盡可能多煮一點，把剩下的留著當作晚餐或是隔天早餐繼續吃。平時晚餐都只吃一些相當於下酒菜的簡單料理而已。

我雖然已經上了點年紀，但身體仍然很健朗，相信是因為我對食材很挑剔，這種飲食生活對我的健康有很大的幫助。

像是餅乾之類的點心，我也都自己動手做，於是就知道一塊餅乾使用了多少奶油和砂糖，也就能夠控制份量，不會一下子吃太多。

樸素的素食絕對不是隨便亂吃的粗食，而是打造身體的基礎，和讓身體恢復生機的舒食。

最近和兒子的關係漸漸恢復，父子之間又有話聊了……

十二月某日。不知道是否因為上次爸比我把使用多年的舊相機，Canon EOS5D

永久借給兒子，作為他的聖誕禮物，最近的辻家以相機為媒介，父子之間的對話似乎有增加的趨勢。

「那台相機怎麼樣？」

「嗯，很好啊。」

「你知道怎麼對焦嗎？」

爸比自以為了不起，指導他對焦的方法。

「我昨天請托馬當模特兒拍了一些照，你要看嗎？」

兒子說著，把相機拿了過來，讓我看他拍攝的照片。除了托馬，還有其他朋友像模特兒般站在巴黎街頭，拍了許多很帥氣的照片。我忍不住發出驚嘆的聲音。

「沒有拍影片嗎？」

「有是有，但還很少。」

托馬在巴黎街頭走台步，最後他終於忍不住笑了起來，對著相機露出了笑容……相機記錄了年輕人的青澀，但和手機拍的照片有明顯不同。該怎麼說，照片比較有層次？總之，這些照片有深度，也很有質感，拍出了時下年輕人在巴黎單色世界觀中的日常。話說回來，這些孩子怎麼個個都那麼帥……

我覺得兒子又長大了，而且變得很強壯。他下個月就滿十八歲了，十八歲就是大人了。他的確也很有自己的想法……

我把相機永久借給他或許是一個好點子。我的時代已經過去，沒有太大用武之地，這種高級相機就應該交給下一代，希望有助於他們的作品創作。

「雖然是十五年前的舊相機，但那些很方便的自動對焦相機，感受不到這種手動對焦的美妙。」兒子大放厥詞。沒想到他很在行嘛。

「爸爸，這台相機很棒。」

「嗯，你要好好使用。」

看到兒子滿面笑容地雙手捧著相機，我忍不住喜上眉梢。想起了自己剛開始拍獨立電影的那段時光。想到這台舊相機或許能夠為他帶來某些新的感性，就有一種不可思議的感覺。

「你可以拍電影試試看啊。」

「嗯，是啊，我已經瞭解大致的使用方法，改天來試試。」

沒錯，既然要拍，擁有出色的器材就很重要。我的舊相機交給兒子，他可以為這台相機帶來新的色彩。這是多麼美好的事。

「啊，對了，我第一次收到音樂方面的酬勞了。」

「啊？真的嗎？酬勞？誰付給你的？」

「Spotify。」

「真的假的？你唱的歌嗎？有多少人聽？」

「播了十萬次。第一次收到十歐元。」

我忍不住笑了起來（對不起，對不起……）。

播了十萬次，只有十歐元嗎？不知道該說很棒，還是說錢太少了，我有點搞不太清楚，但還是很了不起……我太開心了，簡直就像是自己獲得肯定一樣。

姑且不論十歐元這件事，這個世界上，有十萬人次，在某個地方需要兒子的音樂。光是想到這件事，爸比我就很開心。雖然只是一小步，但他的的確確成長了（兒子並沒有用本名投入音樂活動，似乎為自己取了藝名，他甚至沒有告訴我。因為他說一旦告訴我，我就會寫在推特上，他說想要靜靜投入創作。太火大了。）

總之，即使我們又重新開始聊天，我也沒有太得意忘形，追根究底地問不停。如果他需要協助，應該會主動問我。否則就讓他自行判斷，自己決定，最好不要過度干涉他。

三個星期後，兒子就滿十八歲了。雖然我的育兒工作並不會因此結束，但那一天是我育兒的第一節火箭脫離的瞬間。

那天之後，成年後的兒子和我將會帶著全新的心情面對彼此。

我今天去羅傑的肉店，買了大量聖誕節的食材。購入一隻珍珠雞、鴨肉香腸等幾種肉類，還買了羅傑太太親手做的鵝肝醬，和佩里哥產的松露。這是一年一次的大手筆採買。二十五日那一天，我一大早就把雞放進了烤箱。雖然簡單，但這是有过家特色的聖誕節料理。

每年都在同一家肉店買一樣的食物，所以聖誕節餐桌上的料理都大同小異……不，這樣反而特別有聖誕節的氛圍。今晚就來慶祝兒子第一次拿到Spotify的酬勞……聖誕節要準備烤雞，新年就要吃年菜，這是辻家的傳統。

發生了很多事的二〇二一年已經進入尾聲。

爸比要努力到最後一刻，繼續向前邁進。

難得和兒子長談，如何才能自立？

十二月某日。疫情遲遲無法平息，又是一個有點開心不起來的除夕，但爸比不希望自己的人生隨疫情起舞，所以在最全面防疫的同時，大膽享受生活。

今天有機會和兒子認真討論未來的事。吃飯時，我拿出父親的態度，問他對未來有什麼打算，兒子難得認真回答了我的問題。

「我會讀大學。」

「什麼時候考試？」

「三月和六月是高中會考，雖然也有大學的入學考試，但之後就會根據先前的成績，決定我可以進哪一所學校。如果只看這些成績，大家都大同小異，所以需要某些能夠自我宣傳的個人特色，我目前正在尋找這方面的資料。」

他說了半天，我也搞不太清楚，只知道他打算讀大學。

「你決定讀哪方面的大學？」

「我思考了很久，慢慢瞭解到，政治和法律的世界很困難，目前我想做的工作是廣告或是娛樂方面的幕後工作。」

「原來如此，但大家都這麼想，所以競爭很激烈吧？」

我努力不問得太深入。

「嗯，但是我希望可以開發用網路或是電子報方式經營的生意模式。」

「這樣啊。」

「然後我觀察周圍，發現身邊就有一個人在做這種生意。」

「喔？是誰？」

「你啊。」

啊？我差一點發出尖叫聲，但剛才聊天的這些內容，讓我不敢輕易附和。兒子還不瞭解這個世界有多麼嚴峻。我隨時都在順應潮流。

「我打算和朋友搭建一個像爸爸的Design Stories那樣的平台，可以是以影片為主題的YouTube頻道，走音樂路線也可以，網站也可以，把這些內容整合成一個複合空間，打造屬於我的世界。」

「你的想法完全沒有問題，但要靠這個生存不是一件簡單的事，希望你不要想得太輕鬆。爸爸是累積了多年的經驗，才終於有目前的成績。」

「嗯，我知道。」

我認為最好不要繼續深入這個話題，於是告訴他，我既贊成，同時也反對。因為YouTube或是網站這些東西的流行性太強了，不夠有現實感。這個世界並沒有這麼簡單，因為他對這個世界的瞭解還很淺薄，不能讓他追求幻想，我希望他可以探尋更實在的目標。

但是，兒子才十七歲，仍生活在夢想和現實之間，我無法不由分說地打擊他的夢想。雖然我的工作看似風光，但其實每天活在憂鬱的人生中；雖然看似有夢想，卻無法完全抓住夢想，只能勉強在嚴峻的現實巨浪中載浮載沉。年輕時，也曾經描繪過許多夢想，如今，這些一個個遭到粉碎。而且疫情當前，無論是電影、小說和音樂這些之前受到追捧的舞台，都面臨了巨大的轉捩點，無法再用之前的價值觀大行其道。

兒子未來該如何生存？我該支持他到幾歲？我又能夠支持他到什麼時候？……我完全、完全不知道。

人生在世，只要活著，就無法擺脫各種麻煩的事。雖然我很想擺脫這一切，但是能夠助我一臂之力的人已經越來越少。

兩個星期後，兒子就成年了（十八歲）。這一天必定會到來。該面對了。沒錯，我必須嚴格要求他。

「你要考慮清楚，等你十八歲之後，爸爸無法再像以前一樣，在各方面都全力支援你。」今天就談到這裡，我打算下一次具體向他說明，哪些方面可以繼續支援他，哪些方面無法再提供支援。

在一月十四日，他滿十八歲的生日之前，我會分次和他討論。「大學的學費我當然會幫你支付，但除此以外，你要自己打工，精打細算，安排自己要做的事……爸爸會在明年夏天之前，搬離巴黎的公寓，到時候，你在巴黎就沒有落腳處了，必須思考自己該如何生存下去。」到時候，會和他談一談諸如此類的問題。

我會向他說明，因為疫情的關係，我不會完全不管他，但以後我能做的事有限。我認為培養他的危機感，才是真正的教育，也認為這才是真正的長大。

海鷗的母鳥會照顧雛鳥到某個階段，但是，在某個階段，所有的海鷗都會同時從屋頂飛向天空。是誰決定哪一天起飛？一定是本能，也就是上天的旨意。

我親眼看到了海鷗同時飛上天空的瞬間，其中一隻就是兒子。也有海鷗因為無法順利飛上天空而摔下來。這是弱肉強食的世界，所以必須堅強，才能夠在這個世界生存，我無法照顧兒子一輩子。

還有兩個星期。他必須靠自己的力量，有一半要靠自己的力量飛向天空，沒錯，

我打算這麼做……因為這就是人生。

2022

兒子十八歲

在全新的早晨醒來，只有自己一個人在家，仍然笑著仰望藍天

一月某日。一進入二〇二二年，就收到了兒子傳來「新年快樂」的電子郵件。八成是其他朋友也都傳電子郵件給家人，他就跟著一起傳。即使如此，這是新年收到的第一封電子郵件，爸比很高興。

馬路的方向傳來喧鬧聲。我原本躺在床上發懶，聽到聲音後下了床，打開窗戶，和對面公寓的年輕男生四目相對。

「Happy New Year!」

不知道為什麼，大家都用英文大聲歡呼著，不時聽到法文的「Bonne année」，是因為有很多外國人嗎？耳邊傳來鞭炮的聲音，遠處還有人放煙火。

二〇二二年開始了。我在昨晚十一點時，吃了一半的蕎麥麵，於是走去廚房，把剩下的那一半加熱後，呼嚕呼嚕吞下去，照慣例吃了跨年蕎麥麵。白天做的年菜伊達卷還豎在廚房冷卻，收進了冰箱後，終於讓它躺了下來。呵呵呵……

我做了一個奇怪的夢。雖然搞不清楚可不可以稱之為初夢（據說元月二日晚上做的夢才是初夢），我難得睡這麼熟，所以夢境很清晰。有人從外面打開了我家的門鎖，試圖打開門。爸比猜想是兒子，但還是躲在暗處警戒，結果看到一個陌生的年長女人走了進來。我立刻知道那是小偷，父親也被驚醒，從走廊深處走了過來，我立刻向父親使眼色，告訴他有小偷。

父親從背後抓住那個年長女人的雙臂，把她抓住了，我也跑過去幫忙。「趕快報警。」我在父親的指示下打了電話，說明情況後，有很多人上了門，然後馬上開庭審判。

因為是做夢，所以很多細節都很模糊，但那個女人聲稱自己很窮困，因為聞到香氣，想來吃年菜，於是就偷偷闖進來。

「那你就分給她一些吧。」父親說，結果法官小聲向父親抗議說：「你不是十多年前就死了嗎？」我大吃一驚，回頭看著父親，父親目不轉睛地看著我。我猜想父親是因為有話要說，才會出現在我面前，結果就醒了。

父親很凶，在他生前，我向來不敢和他說話，也不是一個好兒子，更從來沒有他陪我玩的記憶……但是，去年開始，父親就經常出現在我的夢境中，這次竟然出現在新年的夢中。

早上起床後，我一直在思考，父親到底想對我說什麼。我之前向來都對父親望而生畏，但自我解夢之後，覺得是因為自己身為父親，充分感受到兒子即將離巢，這種心理導致我做了這個夢。

「爸爸，謝謝你，看來我也已經到瞭解父母的寂寞和努力的年紀了。」

我睡回籠覺時，向父親表達了感謝。

當我再次醒來，巴黎的新年晴空萬里。打開窗戶，難得看到好幾道穿越天空的飛機雲。二〇二〇年之前，天空中經常可以看到飛機雲，但這兩年由於客機的軌跡大幅減少，所以讓我萌生良好的預感，希望這個世界再次恢復活力。

兒子昨天晚上和朋友似乎玩得很愉快，他們開心地倒數計時以迎接新年。他和我聯絡，說會回家吃晚餐。我鬆了一口氣，於是繼續做昨天只準備了一半的年菜。

我並不感到寂寞，只是大家都順利長大離巢。雖然沒有收到其他人傳來的電子郵件，但有兩、三個兒子同學媽媽傳了訊息，祝我新年快樂（每年差不多都這樣）。好，我接下來要開始把年菜裝盤。一個人的新年早晨靜謐地拉開了序幕。

給十八歲兒子的生日贈言

一月某日。一大早就醒來，等待兒子起床。在等他起床時，我坐在床上，回想著至今為止的漫長歲月。和兒子一起生活的日子在腦海中閃現，雖然發生過很多事，但不可思議的是，我想不起曾經不愉快的記憶。

我特別回想起一起去附近的廣場，和他共同練習排球的事，當時我拚了老命陪他練習扣球和發球……這是相當美好的記憶。

與目前處於叛逆期後半階段的他相比，他當時簡直太乖巧可愛了，哈哈。

我們剛展開父與子的生活時，他在精神上想必承受了很大的壓力，而且他總是很貼心，也非常努力，希望能夠支持我。他很聰明，從小就有自己的主見，但小學生時代和中學一、二年級時，依然是個純樸的少年。

然而，我們從來沒有深入討論過他母親。我也不知道其中的原因，但到目前為止都這樣，所以也無可奈何。八成是因為剛離婚時，我打算和他談這件事，結果被他打斷，他當下很生氣地說：「我也在努力了，所以不要談這件事。」直到今天，都沒有認真和他討論過這個問題。也不曉得到底是好是壞。

我這個父親也不知道他在想些什麼。

只有歲月不停地流逝。

手機裡錄了許多兒子年幼期間對我說的話，一起去吃飯時，兒子會用很哲學的思考談論人生，可惜之前在福岡經常住宿的那家飯店，我的手機和床單一起被丟進洗衣機而毀了，我所蒐集的兒子幼年時代的聲音也全都消失（大哭）。

只有我們父子兩人的聖誕節，他看著街上的行人，用高亢的聲音說：「爸爸，你看，大家都不是一個人，他們的身後不是都有天主嗎？所有人都受到了守護，每個人都和上帝相連在一起，所以不會寂寞，我們活在這個世界上重要的是心存感謝。」一路上都在說這些話，讓我很擔心。畢竟他是個敏感的孩子。

因為他讀的是教會學校，在上了基督教的課之後，產生了這些想法，但是他最後並沒有成為基督教的信徒。

我相信這也是他在充分思考之後做出的選擇。

但是，他曾經跪在某個教堂前，合起雙手祈禱。當時的他，為何而祈禱？那是他在祈禱嗎？我至今仍然想像著這兩個問題的答案……不是有沒有信仰，而是有沒有奉獻祈禱的對象……

當時純樸的少年經歷了青春期、叛逆期等每個人必經的過程，變得有點自我、狂妄，而我終於也安心了下來。

但是，他並沒有成為不良少年。

除了排球以外，他還熱愛節奏口技和嘻哈音樂。他的幾個好朋友都沒有人玩音樂，他透過網路，結識了住在加拿大、美國、非洲和英國等國家的音樂同好。他差不多從那個時候開始交女朋友，開始使用髮臘整理頭髮。

從結論來看，他認真投入音樂，也對電影產生了興趣，對幕後的世界充滿嚮往。他並沒有像他的父親一樣，選擇愛出風頭的人生。

他很害羞，也相當文靜。他經常創作很多優秀的音樂，也不時會和我分享，徵求我的意見，但從來不會主動來看我的演唱會。

他全都靠自學。

他能夠流利說兩種語言，也會說英文，腦袋裡的不同語言有明確的區隔。不知道是否因為這個緣故，他小時候都不說話，讓我憂心忡忡。剛離婚不久後，他的班導師找我去學校，擔心地問我：「他在學校一句話也不說，在家裡會說話嗎？」在家的時候，通常都要求他說日文（一方面因為是日本人，另一方面是不希望他忘記日文），於是我告訴老師，他在家會說話。他在上中學之後，會不自覺地開始說法文，突破了雙語的隔閡。

他的家教幸知老師教了他很多年日文，對他來說，幸知老師就像是親人，相信他從幸知老師那裡學到了很多關於日本的事。幸知老師從他出生之後，就持續照顧兒子，就像是他的保姆一樣。

上了高中之後，他進入叛逆期，幸知老師也回到日本，再加上考大學的問題，我們父子之間經常發生摩擦。身為父親，我為他的將來感到擔心，但兒子可能不喜歡我嘮嘮叨叨表達太多意見。再加上之後疫情爆發，導致有一天，我們大吵了一架，甚至扭打起來。

現在回想起來，對青春期、叛逆期的孩子來說，這都是必經之路。

新年過後，他的躁動期突然平靜下來。在決定養狗之後，辻家的氣氛越來越好。三四郎的加入，讓辻家邁入了一個新的時代。因為有美好的事在等待著我，當然隨時都有好心情。我對他考大學的事不再插嘴，對他來說，現在應該是關鍵期，他昨晚也讀書到深夜。他即將決定第一志願，並以此為目標努力。

他的第一志願是入學門檻相當高的大學，所以可能有點吃力，我認為他應該可以考進第十志願的大學。

無論他錄取哪一所學校，我漸漸能夠看到他前進的方向。

他在這十八年期間，在音樂和影像方面掌握了不輸給專業人士的技術，我認為他會運用電腦和影像儀器，邁向能夠以此為工作的領域。我猜想他不會像前年曾經說的那樣，走向政治或是法律的世界，雖然並沒有完全放棄這種可能性……

我認為這樣也沒問題。

如果這個國家有一個地方，可以讓他盡可能沒有壓力地工作，就再好不過了。因為那是大家都想擠入的世界，門檻很高，但在夏天之前，他應該就能夠找到出口。

我因為閒著無聊，寫了這些內容。早上醒來之後，我就坐在床上，怔怔地回首至今為止的種種。兒子背著書包走到玄關，我對他說：「生日快樂。」兒子轉過頭，從臥室敞開的門看到父親坐在床上，用最近最響亮的聲音回答說：「謝謝。」然後出門上課了。

我注視著關上的門。在小學畢業之後，家長必須親自接送小孩。我每天牽著兒子的手，送他到學校。我對他說「去吧」，他回答「嗯」之後，就衝進了學校。

每天都這樣，而且從來沒有回頭看我一眼。
我感受到他要在這個國家生存的強烈決心。
兒子今天十八歲了。
他的決心完全沒有動搖。

十斗，生日快樂。

代後記

四月某日。大學聯考已經結束，今天和兒子一起去平時不會帶他去，有點大人味的餐廳。

雖然還沒有放榜，但考試已經結束，只要能夠順利度過接下來的高中生活，便可以就讀某所大學，至於是不是他滿意的大學，則另當別論。

我問他，要不要慶祝一下？他竟然點頭答應。太難得了。

那家餐廳有露天座位，於是我們決定帶三四郎同行，臨時變成辻家全家出門散步的行程。

出了家門，漫步走在路上時，我突然發現這是很難得的景象，也許是第一次。驕陽高掛在天空，光線刺眼，我們一家三口（包括三四郎在內）在地上留下了清晰的黑影。

我拿出手機，拍下了三人的身影。

喔，這就是目前辻家的樣子。我有一種奇妙的感受。

「走去餐廳的路上，你可不可以幫爸爸和三四郎拍一段影片？我每次都上傳自拍的影片，有攝影師拍還是比較好。」我問兒子。

平時他都會拒絕，不知道是否因為考完試，心情放鬆了許多，他竟然順從地拿出手機拍了起來。

「啊喲，真乖啊。」

我們邊走邊開心地聊很多往事。

我這樣寫出來，大家可能不相信，之前那個青春期、叛逆期的兒子真的消失了。

兒子有了驚人的成長，搖身變成一個穩重的成年人。

「好懷念這樣一起走在街上的感覺。」

「嗯。」

從兒子小學五年級開始，我們父子就相依為命。

父子兩人的生活，很快就要畫上句點……

當然，這必須取決於他就讀哪一所大學，也不能排除他繼續留在巴黎的可能性，但即使他留在巴黎，也會住在大學的宿舍裡。

我未來則會把生活重心轉移到鄉村，在巴黎只租一個小工作室兼可以睡覺的地方就夠了。

我們在餐廳吃飯時，兒子突然開始拍我和三四郎。

「拍照嗎？」

「回憶用的。」

等、等一下。

兒子以前有為我拍過照嗎？

記憶所及，完全沒有。八成、沒有。

而且，他從來沒有主動為我拍過照。各位，我沒記錯吧？如果是從很久之前就開始在社群上追蹤這一系列日記的讀者，應該很清楚這件事。即使他曾經為我拍照，也都是在我再三要求下，他才勉為其難為照做……他從來沒有主動拿起相機拍過我。太害羞了……

但我什麼都沒說。

爸爸故作鎮定（其實內心很想放聲大哭，假裝哄著抱在手上的三四郎掩飾著）。吃完飯，我們走出餐廳，突然想起兒子以前就讀的小學就在附近。我問他要不要去看看，平時他都會拒絕，今天竟然很爽快地回答「嗯」。（我好害怕……今天是怎麼回事？）

我牽著三四郎，走向兒子回憶中的小學。

法國政府規定，家長必須接送小孩直到小學畢業為止，我曾經每天牽著兒子的手，從家裡到學校，再從學校走回家裡。

當年的小不點已經長得比我還高了。

他一定對自己不是法國人，對膚色和別人不同，對父親的法文很爛感到自卑。所以每次走進校門，都從來不回頭看我。每次就像跳進海裡一樣，一溜煙就跑不見了。

放學走出校門時的情況則相反，每次都是最後一個走出來。等其他人都走光後，才終於走出校門。

他應該覺得我這種長頭髮的日本阿伯讓他很丟臉……

有一次，他和同學聊得很開心時，我走到他面前，他露出超冷漠的眼神拒絕我，成了我內心有些痛苦的經驗。

或許他無法抬頭挺胸地對別人說：「這是我爸爸」。

那些英俊瀟灑的法國爸爸都在校門口緊緊擁抱自己的孩子，甚至還有長得像喬治·克隆尼的爸爸親吻孩子的額頭，我這個日本人無法很自然地做出這麼帥氣的事，只能站在七葉樹下靜靜地等兒子。啊哈哈。

我猜想成為單親爸爸之後，兒子可能對我更感到不自在了。

「好懷念啊，以前每天都在這裡等你。」

「嗯。」

兒子沒有多說什麼，只是舉起手機，對著天空錄了一段影片。

我悄悄探頭張望，發現他拍著以前每天上學走的路。

他把鏡頭拉近，手機螢幕上的影像，好像我們正走在那條路上。

啊，父子倆曾經走過這裡。我忍不住想。

那時候，每天、每天都走這條路。想到這裡，爸比忍不住放聲大哭起來。

「回家吧。」

「嗯。」

我拉著三四郎的狗鍊。

我和三四郎轉身走回家，但兒子仍然留在小學校門前，抬頭看著校舍，簡直就像是電影中的一幕。

一路走來，曾經發生過許多事，但你成了一個出色的人，爸爸很高興。

辻家也擁有新的家人，將會朝新的道路邁進。

我要擦乾眼淚，永往直前。在這片溫柔的土地上。

／補記

兒子順利考上了大學，秋天之後，即將成為大學生了。

本作品從網路雜誌「Design Stories」專欄（2018年12月至2022年3月刊載）中挑選、刪改修正而成。

巴黎天空下，兒子與我的三千個日子

パリの空の下で、息子とぼくの3000日

作者 辻仁成 Hitonari Tsuji
譯者 王蘊潔
責任編輯 李雅蓁 Maki Lee
責任行銷 袁筱婷 Sirius Yuan
封面裝幀 Bianco Tsai
版面構成 譚思敏 Emma Tan
校對 葉怡慧 Carol Yeh

發行人 林隆奮 Frank Lin
社長 蘇國林 Green Su

總編輯 葉怡慧 Carol Yeh
日文主編 許世璇 Kylie Hsu
行銷主任 朱韻淑 Vina Ju
業務處長 吳宗庭 Tim Wu
業務主任 蘇倍生 Benson Su
業務專員 鍾依娟 Irina Chung
業務秘書 陳曉琪 Angel Chen
莊皓雯 Gia Chuang

發行公司 悅知文化 精誠資訊股份有限公司
地址 105台北市松山區復興北路99號12樓
專線 (02) 2719-8811
傳真 (02) 2719-7980
網址 http://www.delightpress.com.tw
客服信箱 cs@delightpress.com.tw
ISBN 978-626-7288-82-5
建議售價 新台幣380元
首版一刷 2023年09月

國家圖書館出版品預行編目資料

巴黎天空下，兒子與我的三千個日子／辻仁成著，王蘊潔譯. -- 初版. -- 臺北市：悅知文化精誠資訊股份有限公司,2023.09
368 面；14×20公分
ISBN 978-626-7288-82-5 (平裝)
863.55　　111018974

建議分類｜翻譯文學